L'Île Fantaisie
Star Fantasy
Par
Zena Wynn
&
Kioni Hall
© 2025

Une publication de Real Love Enterprises

ISBN 978-1-958215-44-9

TOUS DROITS RÉSERVÉS.

Star Fantasy (Fantaisie Stellaire)

Série : L'Île Fantaisie livre 5

Copyright © 2025 par Zena Wynn et Kioni Hall

Illustration de couverture : Shirley Burnett

Éditrice : Vivienne Williams

Traduire : ScribeShadow AI

Prologue

Chère L'Île Fantaisie,

Je m'appelle Alisa Davis. Je suis fascinée par l'espace, la galaxie et tout ce qui concerne les étoiles depuis ma petite enfance, lorsque mon père m'a offert un télescope pour Noël. Lectrice passionnée et cinéphile assidue, j'ai visionné toutes les émissions télévisées spatiales, qu'elles soient fictives ou non. Ma préférée est Star Trek, tant la série que les films, anciens comme récents. De nature timide, j'ai passé d'innombrables heures à imaginer ce que serait la vie comme membre d'équipage du vaisseau Enterprise, du Voyager, ou comme résidente de Deep Space Nine. Voyager dans l'espace, observer des galaxies lointaines ou visiter d'autres planètes — voilà l'essence de mes rêves.

Dans ma vie quotidienne, je suis scientifique à la NASA, où je calcule des séquences de lancement et trace des trajectoires pour les fusées et les sondes. C'est probablement le plus près que je serai jamais d'un voyage spatial. C'est là que vous intervenez. Je veux aller dans l'espace et travailler sur un vaisseau stellaire qui visite de nouvelles planètes étranges.

Puisque vous êtes dans le domaine des fantasmes romantiques, j'ajouterai un élément supplémentaire que je n'oserais jamais confesser à personne d'autre. Dans mon fantasme, je souhaite être mariée à l'homme de mes rêves. J'aimerais que mon mari soit quelqu'un qui m'aime et m'accepte telle que je suis — intelligence de geek, bizarreries de personnalité et tout le reste. Quelqu'un qui ne soit pas intimidé par mon cerveau ou déstabilisé par mon rire.

Au monde extérieur, je présente l'assurance froide d'une femme très intelligente qui n'a pas de temps à perdre avec des futilités ou des bavardages. La vérité est que je trouve les conversations ordinaires gênantes, n'ayant jamais appris à les maîtriser. Comme vous pouvez l'imaginer, cela rend mes expériences de rencontres extrêmement limitées et insatisfaisantes. Les quelques hommes avec qui j'ai été impliquée étaient des nerds comme moi.

Ceci m'amène au troisième élément de mon fantasme. Mon mari devrait être un amant fantastique, capable de surmonter ma timidité et de bouleverser mon univers. Si vous pouvez m'offrir cela, le fantasme que vous créerez serait véritablement inestimable.

Dans l'espoir de vous lire bientôt,

Alisa

Chapitre Un

— Vous voulez que j'entre là-dedans ? demanda Alisa Davis en examinant la petite ouverture sombre.

— Oui, mademoiselle, répondit son guide de L'Île Fantaisie d'un ton très rassurant.

— En n'emportant que cette lampe torche et en portant ça ? demanda-t-elle, ayant besoin de précisions.

« Ça » était un uniforme d'officier de la Fédération, rappelant ceux portés par le Lieutenant Uhura dans la série originale Star Trek. Sauf que L'Île Fantaisie avait pris la liberté de raccourcir les manches et d'abaisser le décolleté au point qu'elle craignait que ses seins ne s'échappent. Le col en V plongeait bas et la minijupe remontait haut, révélant beaucoup de peau brune. Si elle se penchait ou levait les bras pour attraper quoi que ce soit, Alisa était certaine qu'elle écoperait d'une amende pour attentat à la pudeur.

Elle pouvait entendre la voix de sa grand-mère, avec son fort accent de Caroline, la réprimander depuis l'au-delà. — Alisa Mary Davis ! C'est quoi cette horreur que tu portes ? J'y crois pas.

Pourquoi ne lui avaient-ils pas donné la combinaison unisexe de style militaire portée par la plupart des personnages dans les séries et films spatiaux modernes ? Celle qui épousait les formes mais couvrait de la tête aux pieds.

— Vous n'avez qu'à faire quelques pas à l'intérieur, dit-il, attendant patiemment qu'elle se décide.

Alisa fit quelques pas hésitants vers la grotte sombre. Devrait-elle lui dire qu'elle était claustrophobe et que les espaces petits et sombres l'effrayaient ? Le noir étoilé de l'espace ne posait pas de problème car c'était grand ouvert. Personne n'avait parlé de grottes d'un noir d'encre.

Elle jeta un coup d'œil par-dessus son épaule pour trouver l'homme qui lui souriait avec encouragement. — Juste quelques pas, vous avez dit ?

— C'est tout. Rien dont vous devriez vous inquiéter, dit-il.

— D'accord. Alisa s'avança nerveusement dans la grotte, s'accrochant à sa lampe torche comme si sa vie en dépendait. Elle compta ses pas. — Un, deux, trois. Si un couple était deux, alors quelques pas seraient trois. Alisa en fit un de plus au cas où sa définition de quelques différait de celle de L'Île Fantaisie et se retourna face à l'entrée de la grotte.

Elle avait disparu, s'était évanouie, volatilisée.

Elle se lécha nerveusement les lèvres et jeta un regard troublé à la caverne environnante. — Oh mince, Houston, on a un problème. La peur lui glaça les pieds au sol pierreux. — Allô ? Il y a quelqu'un ? Seul l'écho de sa propre voix lui répondit. — C'est vraiment génial.

Personne ne viendrait la secourir. Alisa n'avait d'autre choix que de continuer à marcher et de voir où menait le chemin. Le faisceau lumineux de la lampe torche rebondissait vertigineusement sur le plafond et les murs tandis qu'elle se forçait à avancer.

Alisa et le plein air n'avaient jamais fait bon ménage. Ce n'était pas qu'elle était précieuse. En tant que scientifique plus à l'aise dans des environnements contrôlés et stériles, elle n'avait pas la constitution pour camper. La sortir de sa zone de confort et elle devenait immédiatement la Reine Mondiale de la Maladresse. Au lycée, elle avait remporté le titre de « Plus Maladroite ».

Fidèle à sa nature, Alisa trébucha immédiatement et heurta la paroi rocheuse. Les rochers pointus déchirèrent le tissu fin du costume, laissant une partie de son ventre exposé, éraflé et sanglant. — Aïe !

Le chemin se divisait en trois directions différentes. Avec un haussement d'épaules mental et une prière pour avoir fait le bon choix, elle prit celui du milieu et continua d'avancer. Il y avait plusieurs autres virages et tournants. Après environ cinq minutes d'obscurité implacable, à l'exception du faisceau de sa lampe torche, Alisa s'arrêta. Appuyant une main contre le mur, elle essaya de prétendre qu'elle était dans l'espace, pas dans une grotte sombre et effrayante.

Les étoiles et leur fonctionnement constituaient un beau rêve mathématique. Un rêve qu'elle pouvait observer depuis le confort de la fenêtre de son bureau. Que ce soit à son bureau ou à la station de télescope optique, Alisa avait toujours été plus que protégée dans le programme spatial national. Le pire qu'elle ait eu à craindre était de perdre une sonde de plusieurs milliards de dollars à l'intérieur d'un trou noir si elle calculait mal l'équation de lancement.

— Tu voulais de l'aventure, se rappela-t-elle. Tu voulais sortir de ta bulle et prendre un risque.

Après avoir encaissé certains de ses brevets, Alisa avait décidé qu'il était temps de sortir de sa boîte métaphorique. Elle avait écrit une lettre effrayante mais excitante à L'Île Fantaisie décrivant son fantasme, mais elle n'avait pas pensé que l'un des risques qu'elle prendrait impliquerait de se perdre dans une grotte sur Terre ! Elle devait trouver son chemin pour sortir d'ici et vite. Elle ne voulait pas finir comme un squelette supplémentaire pour le prochain fantasme pirate de quelqu'un.

La panique releva à nouveau la tête alors qu'elle calculait la probabilité statistique que ce scénario devienne réalité. C'était bien elle de se perdre dès que la nature entrait en jeu. Parlant à voix haute dans un effort pour rester calme, elle dit : — Soixante-trois pour cent si je fais demi-tour maintenant et que j'essaie de revenir sur mes pas. Un impressionnant quatre-vingt-dix-sept pour cent si je continue d'avancer...

Malgré ses efforts, elle regarda autour d'elle avec une appréhension croissante. Dans l'obscurité, tout se ressemblait. Alisa secoua la tête, faisant danser ses tresses autour de ses épaules presque nues.

— Je ne vais pas rester coincée dans ce tombeau rocheux. Je fais demi-tour maintenant. Elle repoussa ses lunettes en place. Une main sur le mur comme guide, Alisa se précipita sur le chemin, devinant quels virages et tournants elle avait pris plus tôt. — C'était à gauche ici, non ? Euh, donc ça veut dire que je tourne à droite ? Oh merde, je ne m'en souviens pas !

Pour aggraver les choses, l'écho de ses pas lui jouait des tours. Elle aurait juré être seule, mais les pas ne correspondaient pas. Y avait-il quelqu'un d'autre ici ? — Allô ?

— Alisa ? Une voix profonde résonna dans le tunnel. Elle retint son souffle et entendit à nouveau des pas, de plus en plus forts, venant dans sa direction. — Alisa, es-tu là ?

Le soulagement l'inonda. Oh, Dieu merci. L'Île Fantaisie avait envoyé quelqu'un pour l'aider. Elle tira sur son costume déchiré et se dirigea vers la voix. Les talons de ses bottes claquaient contre la pierre alors qu'elle se précipitait. — Oui ! Oui ! Je suis là. Aidez-moi, s'il vous plaît !

— Reçu cinq sur cinq. J'arrive.

L'inquiétude dans cette voix masculine la fit courir plus vite. Quelqu'un avait remarqué qu'elle s'était perdue. — Où êtes-vous ? Dans sa hâte, elle ne fit pas attention où elle mettait les pieds et trébucha. — AH !

Elle agita frénétiquement les bras pour tenter de se rattraper, mais se frappa accidentellement la tête avec la lourde lampe torche. Ses lunettes s'envolèrent sous l'impact. La douleur lui fit desserrer sa prise. La lampe torche tomba de sa main et roula au loin. Alisa atterrit avec un bruit sourd sur un genou, perdit l'équilibre et tomba front contre terre. Des étoiles remplirent sa vision et la laissèrent avec un horrible vertige.

— Aïe... gémit Alisa en roulant sur le dos. Mlle Maladroite avait encore frappé. Sur quoi avait-elle trébuché cette fois ? La lampe torche devait soit s'être éteinte lors de sa chute, soit l'impact l'avait cassée, car il faisait nuit noire. Où étaient ses lunettes ?

— Alisa ? Alisa, réponds-moi. La voix de tout à l'heure l'appela, le ton égal mais urgent. Elle semblait plus lointaine. Son sauveur allait-il dans la mauvaise direction ?

Elle cracha la terre de sa bouche et essaya de s'asseoir, mais grimaça quand elle mit du poids sur son poignet. Cette grotte allait causer sa perte. Elle toucha son visage et ses doigts en ressortirent mouillés. Oh, c'était mauvais. Non seulement elle était perdue, mais maintenant tout lui faisait mal – sa tête, son visage, son poignet, son genou – et elle avait toujours cette éraflure douloureuse sur le ventre.

— J'aurais dû choisir un autre fantasme. Quelque chose de gentil et sûr, marmonna-t-elle d'un air somnolent.

Tu aurais dû rester dans ta boîte, la nargua sa voix intérieure. Il n'y a pas de risques en dehors de la boîte.

Il n'y a pas non plus de gains à obtenir quand on est confiné à sa zone de confort, dit une voix dans sa tête.

Hmm, c'était étrange. On aurait dit la même voix que celle de l'homme qui l'appelait. Super, maintenant elle avait des hallucinations.

Que ce soit à cause de la bosse sur sa tête ou de sa course dans la grotte humide dans le noir sans eau, Alisa se sentait épuisée. Ses paupières devenaient plus lourdes à chaque instant qui passait. Elle ne devrait probablement pas s'endormir, puisqu'elle s'était peut-être donné une commotion cérébrale, raisonna-t-elle.

Je vais juste fermer les yeux quelques secondes, pensa-t-elle. Les yeux fermés, les battements diminuaient. — Oh, c'est agréable. Quelques minutes de plus ne feraient pas de mal, n'est-ce pas ?

Juste au moment où Alisa commençait à perdre conscience, elle fut recueillie dans une paire de bras forts et inconfortablement chauds. — Te voilà. Je t'ai trouvée.

Chapitre Deux

C'était l'homme qu'elle avait entendu plus tôt. Elle sentait maintenant le ténor profond de sa voix tandis qu'il la portait contre son torse. Wow, il devait avoir une très bonne vision. Elle n'avait aucune idée de comment il pouvait voir où il marchait. Peut-être qu'il portait des lunettes spéciales, du genre militaire qui permettaient de voir la nuit ?

— Alisa, murmura-t-il.

Le son chaleureux de son nom envoya une vague de chaleur directement entre ses jambes. Alors qu'il ajustait ses bras autour d'elle pour mieux la tenir, le corps d'Alisa se moula beaucoup trop confortablement contre lui. Wow, c'était un géant – grand et très bien bâti. Alisa lutta contre l'envie d'utiliser ses mains pour découvrir à quel point il était musclé.

Malgré la situation, elle ricana intérieurement. *J'aimerais ne pas avoir perdu ma lampe de poche et mes lunettes. Je veux voir à qui appartient tout ce délicieux corps.*

Elle se blottit plus près, savourant la sensation de sécurité dans ses bras. Ce faisant, une douleur fulgurante traversa sa tempe.

— Aïe, gémit-elle, les yeux fermés. Je suis contente que tu m'aies trouvée. Je... me suis blessée à la tête.

Il déplaça l'une des mains qui soutenait ses cuisses et tint doucement son menton entre son pouce et son index.

— Tu saignes. Je t'avais dit d'attendre que je sécurise la navette. Tu as insisté que tu pouvais trouver la sortie toute seule.

Sa voix se voulait réprobatrice, mais perdait de sa sévérité par la façon dont il la caressait. Qu'est-ce que c'était cette histoire de navette ? Elle ne se souvenait pas qu'on en ait parlé avant.

Son fil de pensée se désintégra lorsque sa main se déplaça sur elle. Ses doigts écartèrent ses tresses et se promenèrent délicatement sur les courbes douces de son visage, comme s'il pouvait tout voir d'elle. Il la caressait sans hésitation, malgré le fait qu'ils venaient de se rencontrer. Alisa se sentit rougir quand ses doigts effleurèrent ses lèvres.

— Je suis tombée, admit-elle, distraite par son toucher. Qui qu'il soit, il la traitait comme de la porcelaine précieuse. Elle s'appuya contre la caresse et soupira. C'était un peu excessif pour un inconnu, mais apprécié quand même.

Un grondement sourd suivi d'une série d'étranges cliquetis remplit l'air tandis que sa main l'examinait. Elle se figea et écouta avec consternation. Qu'est-ce que c'était que ça ? On aurait presque dit que son sauveur avait produit ce son, mais c'était idiot, n'est-ce pas ?

— Je crois que tu as une commotion cérébrale. Je vais y remédier immédiatement une fois au camp de base.

Il la porta à grandes enjambées, dévorant rapidement la distance entre eux et la sortie.

— Merci de m'aider. Je m'appelle Alisa Davis, au fait. Tu crois que tu pourrais me ramener au resort ? J'ai laissé mes affaires dans le bungalow.

Un rire curieux sortit de sa bouche, si tant est qu'on puisse appeler ce bruit un rire. C'était plutôt comme un ronronnement grave.

— L'humour humain m'échappe souvent, mais je comprends ta plaisanterie, bien-aimée. Appeler notre tente un logement de luxe est des plus ironiques.

Humour humain ? Bien-aimée ? Qui était ce cinglé ? Ils atteignirent l'entrée et sortirent dans la lumière aveuglante du soleil de l'après-midi. Elle avait dû rester coincée dans la grotte bien plus longtemps qu'elle ne le pensait pour que le soleil soit si haut. Ou si chaud. C'était comme s'il y avait trois soleils qui brillaient sur eux.

Alisa mit sa main sur son visage pour protéger ses yeux du soleil avant de se tourner vers son sauveur. Étrange, sa vision était aussi claire que si elle portait encore ses lunettes. Risquant un faible coup d'œil entre ses cils, Alisa hoqueta lorsque le visage de son sauveur apparut nettement.

Elle l'avait déjà vu. Chaque mercredi soir à vingt et une heures, il lui montrait les merveilles de l'univers juste avant qu'elle n'aille se coucher. Lui, avec son capitaine et le reste de leur équipage, explorait les étoiles, visitait de nouvelles planètes et rencontrait différentes espèces d'extraterrestres. En tant que l'un de ses personnages préférés – bon, son préféré *absolu* – Alisa s'était fait un devoir d'apprendre tout ce qu'il y avait à savoir sur lui.

Il cochait toutes les cases de sa liste de critères pour Monsieur Parfait. Il était fort, intelligent et sensible, mais sa taille et son comportement stoïque étaient la cerise sur le gâteau. Il y avait une qualité séduisante dans son visage qu'elle admirait particulièrement, comme ces beaux elfes du *Seigneur des Anneaux*. Elle adorait aussi ses scènes de combat, qui la faisaient souvent soupirer dans son oreiller la nuit en les revivant.

Cet officier à la voix douce avait depuis longtemps volé son cœur. Cependant, aussi familier qu'il lui semblait, Alisa ne l'avait jamais rencontré. Principalement en raison du fait qu'il était un extraterrestre mi-humain fictif. Tu sais, ce petit détail.

— Officier scientifique Tojait ?

La confusion fêla la voix d'Alisa tandis qu'elle regardait ses yeux brillants et pensifs.

Il cligna des yeux vers elle avec un égal désarroi et inclina la tête sur le côté.

— Si tu souhaites t'adresser à moi de façon si formelle, j'y consens. Mon nom seul suffirait.

Oh ! Sa bouche s'ouvrit et se ferma comme un poisson hors de l'eau. Finalement, tout prenait sens. C'était son fantasme. Elle avait voulu être meilleure amie avec le personnage Tojait et les autres membres d'équipage tout en explorant l'espace avec son mari fantaisiste, mais il n'agissait pas comme un meilleur ami. Plus comme un amant, ou un ami avec avantages, et son mari n'était nulle part en vue.

Sa voix lui revint enfin et posa la question qui brûlait au premier plan de son esprit.

— Pourquoi ton nom seulement ? Tu es un officier dans la flotte.

— Je suis plus qu'un officier pour toi, Alisa, dit-il d'une voix rauque.

Il lui lança un regard appuyé et brûlant.

— Euh, eh bien, c'est gênant.

Elle se tortilla dans ses bras.

— Tu ne saurais pas où est mon mari, par hasard ?

Tojait se redressa tandis que son regard parcourait intimement son corps, s'attardant sur ses seins, son ventre exposé et ses cuisses nues.

— Si, je le sais, car c'est moi.

Les yeux d'Alisa s'écarquillèrent de surprise.

— Je... ? Tu... ? Nous... ?

Un des sourcils obliques de Tojait s'arqua au-dessus d'un œil noir et étroit tandis qu'il contemplait son absence de paroles avec un visage presque inexpressif.

— Nous sommes liés par l'âme. Nous ne faisons qu'un.

— Oh ! D'accord.

Elle s'évanouit dans ses bras.

Mmm, elle se sentait au chaud et confortable. Alisa fredonna et se blottit plus près de la source de chaleur. *C'est agréable*, pensa-t-elle.

C'est vrai, n'est-ce pas ?

Alisa souffla et fronça les sourcils dans son sommeil. *Génial. Maintenant je me parle à moi-même.*

Une curieuse sensation l'envahit. Elle sentait qu'elle était intensément observée. Inquiétude, consternation, et une vague enivrante de possessivité la submergèrent. Elle n'avait jamais ressenti ce mélange étrange d'émotions si distinctement. Les émotions qu'elle ressentait étaient-elles les siennes ? Bien sûr qu'elles l'étaient. Elle n'était pas une empathe.

Je crains que ta blessure à la tête ne soit plus grave que je ne le pensais initialement.

Ma tête ? Quoi... ? Tout lui revint dans une vague embarrassante d'anxiété. Se perdre dans la grotte, paniquer et tomber, et puis... Oh, non !

Les yeux d'Alisa s'ouvrirent brusquement pour trouver Tojait qui la regardait.

— Tojait ?

Ses pupilles noires et brillantes s'agrandirent au son de son nom, se fixant sur sa bouche.

— Alisa, ronronna-t-il. Il est rassurant de te voir éveillée. J'allais justement vérifier tes signes vitaux quand j'ai entendu tes pensées. Tu es très séduisante ce matin, âme-sœur.

Matin ? N'était-ce pas l'après-midi juste avant ? Avant, il faisait une chaleur écrasante. Maintenant l'air était plutôt frais. Elle perdait la notion du temps.

Son regard passa de l'évaluation à l'admiration. Elle se tortilla sous la chaleur de celui-ci et se figea en sentant ses mamelons frotter contre son torse nu. Elle, non, *ils* étaient nus !

— Tojait, qu'as-tu fait de mes vêtements ?

Ses sourcils se haussèrent en signe de confusion tandis que la couleur de ses yeux passait de brûlante à glaciale. Il était contrarié qu'elle soit désemparée, mais il ne pouvait en comprendre la raison.

— J'ai retiré tes vêtements endommagés pour te nettoyer et soigner tes blessures.

Alisa mordilla sa lèvre et se prépara pour sa réponse à la question suivante. Elle n'était pas sûre si elle devait avoir peur ou être excitée.

— Est-ce qu'on a fait l'amour ?

Les légères rayures tigrées qui ornaient son visage s'illuminèrent d'agitation.

— Certainement pas. Tu n'étais pas consciente pour donner ton consentement.

— Oh.

Elle détourna le regard. Était-elle heureuse ou déçue ? Alisa n'en était pas sûre. Dans ce monde fantasmagorique, Tojait était son mari, mais s'ils devaient passer à l'acte, elle voulait être pleinement consciente.

Il continua son récit des heures qu'elle avait perdues, inconscient de ses sentiments mitigés.

— Quand tu as continué à dormir, je t'ai mise au lit et je t'ai rejointe pour pouvoir observer ton état. Le médecin n'est pas avec nous pour cette mission, alors j'ai pris soin de ta santé moi-même.

— Euh, merci. Je me sens beaucoup mieux.

L'expression sérieuse sur son visage s'adoucit alors qu'il rougissait de plaisir.

— Aucun remerciement n'est nécessaire. En plus de ta chute, je crois que tu as souffert d'un coup de chaleur. Le repos t'a fait du bien.

Il se redressa de sa position allongée, et Alisa tira le drap pour couvrir ses seins exposés.

— Notre navette est toujours hors service. Elle nécessite plus d'entretien pour équilibrer les réserves de carburant au magnésium afin que les moteurs puissent être alimentés. En attendant, nous pouvons accomplir notre mission. Je vais rapporter notre statut actuel au capitaine et préparer à manger pour rompre notre jeûne.

— D'accord. Merci.

Alisa déglutit difficilement alors qu'il se levait de leur lit, qui était l'équivalent high-tech d'un matelas pneumatique. Sa portion du drap tomba, lui offrant une vue imprenable sur son magnifique corps nu. De longs muscles minces enveloppaient sa silhouette incroyablement grande et attiraient son regard vers le V effilé de son bassin. Elle n'était pas préparée à la vue de sa virilité. Elle plaqua ses mains sur sa bouche et inspira brusquement.

— *Bon sang de bonsoir*...! murmura Alisa dans ses paumes tandis qu'il s'éloignait.

Waouh, ce garçon était sacrément bien monté. Alors qu'il s'éloignait, Alisa se pinça la cuisse pour s'assurer que ce n'était pas un rêve en le regardant partir. Non, la douleur instantanée lui confirma que c'était réel. Tojait était vraiment monté comme un cheval.

Comment était-elle censée faire entrer *ça* en elle ?

Chapitre Trois

Alisa porta ses mains à ses joues. Mon Dieu, elle était mariée à son coup de cœur de série télé. Au lieu d'un mec quelconque devant lequel elle n'aurait pas eu honte d'être nue ou peur de décevoir, cette stupide entreprise l'avait placée avec un canon intergalactique. Quelqu'un avec qui elle avait du mal à aligner trois mots chaque fois qu'ils parlaient. Maintenant, elle luttait pour ne pas dévisager Tojait comme une perverse.

Alisa chercha ses vêtements avant d'opter pour le drap pour se couvrir. En étudiant son environnement, elle découvrit que leur tente grise et austère était en réalité plus luxueuse qu'elle ne l'avait imaginé. À côté de leur grand matelas en mousse se trouvaient plusieurs conteneurs métalliques, étiquetés selon leur contenu. Au-dessus s'alignaient des équipements qu'elle avait vus dans la série, notamment un scanner médical et des pistolets laser.

À son grand soulagement, Alisa aperçut une douche hydrosonique et des toilettes à l'extrémité opposée de la tente, dans un coin. En regardant autour des conteneurs, elle vit que Tojait s'était habillé et était occupé à faire son rapport tout en préparant des rations près de l'entrée de la tente. Le capitaine semblait préoccupé par leur situation tandis qu'une autre voix paraissait positivement furieuse.

— Avez-vous perdu la tête ? C'est déjà assez grave que vous soyez pratiquement échoués jusqu'à notre retour, mais que vous ayez failli transformer ça en mission de recherche et sauvetage pour le Lieutenant Davis, c'est une tout autre paire de manches. Avez-vous au moins effectué un diagnostic avec le scanner médical ?

Tojait prit tout cela avec calme, clignant des yeux vers l'écran avec un air détaché. — Je vous assure, Docteur, que je suis parfaitement sain d'esprit. J'ai suivi scrupuleusement la procédure lorsque j'ai constaté que la lieutenant était blessée. Son dernier scan indiquait des paramètres normaux, mais son amnésie persiste.

Le docteur grogna de mécontentement et soupira. — Bien, ramenez-la juste en un seul morceau. C'est mon officier préféré.

— Je partage ce sentiment. Elle est également ma préférée. Le regard qu'il lui lança en disait long. Alisa déglutit avec difficulté.

Heureusement, le capitaine la sauva d'un examen plus approfondi quand il intervint. — Je crois que nous sommes tous d'accord pour dire que Davis est la chouchoute de notre équipage. Contactez-nous toutes les mille deux cents heures standard pour nous informer de votre statut, ou si vous avez quelque chose d'important à signaler. On se revoit dans deux jours. Terminé.

— Attendez ! Je n'ai pas terminé ! Loin de là, grogna le docteur. J'ai besoin d'un rapport complet sur l'état de Davis, Tojait. N'allez pas croire une seconde que je vais laisser passer ça !

Pendant que Tojait s'efforçait d'assurer au docteur qu'il maîtrisait parfaitement la situation, Alisa se précipita vers la salle de bain. La porte se referma et elle soupira de soulagement. Elle n'avait pas pensé que son fantasme serait aussi intense ou semblerait si réel. L'intimité avec un étranger était plus bouleversante qu'elle ne l'avait imaginé.

Alisa jeta un coup d'œil autour de la salle de bain et gémit. — Merde. Comment tout ça fonctionne ?

Il lui fallut une volonté de fer pour ne pas appeler Tojait à l'aide. Alisa finit par comprendre comment utiliser cette salle de bain futuriste. Elle se dit que les avancées technologiques ne feraient que simplifier les choses et les rendre plus intuitives, et heureusement, elle avait raison. Se sentant beaucoup mieux, elle appuya sur le bouton d'ouverture et se heurta directement à Tojait en sortant. Lorsqu'elle posa ses mains sur son torse pour se stabiliser, le drap enroulé autour de ses formes généreuses tomba au sol, la laissant à nouveau nue.

— Oh non ! s'écria-t-elle, se couvrant instantanément. Devant son regard perplexe, la dernière chose qu'elle souhaitait arriver se produisit. Elle éclata de rire.

La nervosité faisait toujours rire Alisa, mais ce n'était pas un petit gloussement mignon de fille d'à côté. Oh non. Elle avait un rire tonitruant, rempli de reniflements et venant du ventre. Un rire qui avait souvent fait d'elle une source de moqueries et qui, avec tous ses autres traits de geek, avait mis fin à plusieurs de ses relations. Son visage et sa silhouette attiraient les hommes, mais son rire horrible et ses maladresses sociales les rebutaient, la conduisant finalement à s'éloigner de la scène des rencontres.

Après deux gloussements et un reniflement, Alisa plaqua ses mains sur sa bouche et attendit la réaction de Tojait. Allait-il se moquer d'elle ? La fixer avec des yeux écarquillés ? Mettrait-il fin au fantasme ? Les larmes lui montèrent aux yeux tandis qu'elle attendait qu'il rompe le silence.

Tojait inclina la tête, son expression reflétant la confusion. — Pourquoi as-tu cessé de rire, bien-aimée ?

— Hein ? Quoi ? Elle renifla. Il n'était pas rebuté par son rire ? Il savait qu'elle s'était retenue ?

Tojait cligna des yeux et prit sa main dans la sienne, plus grande. — Tu évacues ton anxiété de cette manière. Je le sais. T'ai-je rendue nerveuse ?

Alisa secoua la tête, acquiesça, puis gémit. — Oui, un peu. Il y a beaucoup à assimiler.

Il hocha la tête avec compréhension et l'encouragea à se diriger vers le lit. — Viens. Mangeons pendant que nous discutons. L'amnésie n'est pas un diagnostic facile à gérer.

Donc, il pensait qu'elle avait une amnésie. *Ça peut me faire gagner du temps et expliquer pourquoi je ne connais pas certaines choses*, raisonna Alisa en le suivant vers leur repas.

Elle arriva au lit et découvrit qu'il avait disposé quelques rations sur un plateau métallique à côté. Les étranges sphères et cubes translucides n'avaient pas l'air très appétissants, mais la faim est le meilleur des assaisonnements. Un silence confortable s'installa entre eux tandis qu'ils piquaient ces formes avec leurs fourchettes et les mettaient dans leurs bouches. Alisa les mâcha pensivement, surprise par l'explosion de saveur qu'ils libéraient à la dégustation. — Mmm, ça a le goût de pâtes.

— De pesto pour être exact, dit Tojait entre deux bouchées. Il pointa sa fourchette vers les cubes jaune pâle sur le côté. — Ceux-ci ont été synthétisés pour avoir le goût de cheesecake. Ton préféré.

Du cheesecake ? Elle fit quelques petits applaudissements rapides et couina de plaisir. Ça, c'était un fantasme. Un homme à moitié nu avec du dessert ? Mmm, oui s'il vous plaît.

Alisa ne perdit pas de temps à se jeter sur le dessert, gémissant à chaque bouchée alors qu'elle les consommait tous à une vitesse vertigineuse. Elle lança un regard d'excuse à Tojait quand elle réalisa ce qu'elle avait fait. — Désolée. Je ne t'en ai pas laissé. Je suis comme un cochon quand il s'agit de cheesecake. J'avale tout.

Tojait finit de mâcher et s'essuya la bouche avec une serviette. — Aucune excuse nécessaire. Tu finis toujours tous les cubes de cheesecake. Je m'empare souvent de toutes les sphères de pudding Rylayin. Il en a toujours été ainsi.

Alisa détourna son regard du plateau vers l'endroit où il était assis. — Tu veux dire que tu savais que je ferais ça ?

Il lui lança un regard légèrement incrédule et acquiesça. — Oui, bien sûr. Tu es mon âme sœur, et avec toutes les années que nous avons partagées, je te connais très intimement.

Alisa rougit à la dernière partie. Elle voulait savoir à quel point et le poussa à en dire plus. — Depuis combien de temps sommes-nous mariés ?

— Depuis huit années solaires et cinq mois terrestres, mais nos âmes sont liées depuis bien plus longtemps. Je peux aussi te donner les jours, heures et minutes, si tu le souhaites, proposa-t-il sans hésiter.

— Non merci, dit-elle en levant la main. Les Rulsox avaient des esprits merveilleusement calculateurs, mais même dans la série télévisée, le rappel constant de leurs mémoires eidétiques pouvait devenir lassant. — Donc tu me connais sur le bout des doigts ?

Elle vit les rouages de son esprit analyser l'expression avant qu'il ne la laisse passer sans commentaire. — En effet. J'oserais dire que je te connais mieux que quiconque.

Une envie espiègle de tester ses connaissances surgit tandis qu'Alisa oubliait sa nudité et se rapprochait de lui. — Quelle est mon étoile préférée ?

— Vega, répondit-il sans hésiter.

— Ma plus grande peur ?

Tojait était en train de mâcher un autre cube quand elle posa la question et attendit d'avoir avalé pour répondre. — Rationnellement ? Tu détestes les arachnides venimeux. Irrationnellement ? Tous les insectes.

— Écoute, ils sont tous dégoûtants, d'accord ? Elle fit la moue en léchant sa fourchette. Bien qu'ils ne soient pas beaux à voir, ces cubes alimentaires étaient vraiment savoureux. Elle se tourna pour trouver les yeux de Tojait suivant les mouvements de sa langue. Vaguement, elle se demanda si elle avait déjà posé sa langue sur lui. À la façon ardente dont il la regardait, Alisa pensait qu'il était prudent de dire qu'elle l'avait fait.

Mieux valait le distraire. Alisa était prête à être proche de son mari, mais pas nécessairement à lui faire une gâterie. Elle n'avait pas encore conçu de plan pour faire entrer toute cette anatomie extraterrestre dans sa bouche, ou ailleurs d'ailleurs. — Couleur préférée ?

Le grand et exotique mâle donna son impression d'un sourire humain, ce qui était difficile à réaliser avec toutes ces dents menaçantes.

— Une question trompeuse, destinée à m'égarer. Tu as, en fait, deux teintes préférées : l'orange et le jaune.

— Mince, tu es fort, le taquina-t-elle en poussant son genou avec le sien.

Ses yeux en amande se courbèrent en croissants souriants tandis que sa bouche restait neutre. — Tu as prononcé ces mots à mon sujet de nombreuses fois auparavant.

— Ah bon ? demanda-t-elle, cherchant sur le plateau d'autres cubes à essayer. — Comme quand ?

Il la regarda mettre quelques sphères différentes dans sa bouche et lui répondit avec franchise. — Pendant nos entraînements à la reproduction.

Chapitre Quatre

Alisa s'étrangla au milieu d'une gorgée et toussa furieusement pour tenter de retrouver sa contenance et son souffle.

— Quoi ? haleta-t-elle. Elle le regarda et se mordit la lèvre. Tojait observait sa réaction, tendant la main avec hésitation pour caresser sa joue afin de l'apaiser.

— Tu as manifesté de l'anxiété envers moi neuf fois au cours de notre conversation, principalement en réaction à notre désir ou lorsque nous parlions d'accouplement. Avec ton amnésie, me trouves-tu indésirable, Alisa ?

Il avait l'air si abattu qu'Alisa jura ressentir sa douleur comme si c'était la sienne. Elle s'empressa de le rassurer, espérant mieux exprimer ce qu'elle ressentait.

— Quoi ? Non ! Tojait, je te trouve très attirant. Tellement que j'ai du mal à ne pas devenir trop... *éblouie*, faillit-elle dire, mais elle se retint à temps.

Tojait était entièrement concentré sur elle, la main toujours sur son visage, attendant patiemment qu'elle continue. Alisa se rapprocha, cuisse contre cuisse, et essaya de nouveau.

— C'est juste que je suis nerveuse parce que je ne me souviens d'aucune de nos intimités. Je veux dire, je ne sais même pas comment nous... tu sais... faisons ça ensemble.

Tojait détourna pensivement le regard puis revint vers elle, ne semblant pas du tout contrarié par ses hésitations.

— D'après ce que je sais de notre biologie, les méthodes sont pratiquement identiques. Il n'y a pas de routine particulière que nous suivons nécessairement. Je t'exciterais, et après que mes avances soient acceptées, j'insérerais mon pénis dans...

— Oui, oui, oui ! Je sais comment fonctionne le rapport sexuel ! interrompit Alisa dans une agitation de mains lui faisant signe d'arrêter. Elle se couvrit le visage et gémit d'embarras. Je veux dire, est-ce qu'on y prend tous les deux du plaisir ?

Il prit son visage entre ses mains et passa son pouce sur sa pommette.

— Énormément.

Son désir brûlait sa peau, attisant davantage le sien.

— C'est toi qui as proposé en premier que nous devenions physiquement intimes. C'était une avance que j'étais très heureux que tu suggères.

— Alors... comment l'avons-nous fait ? Mieux encore, quelle est ma position préférée ?

Pour une raison quelconque, sa voix sortit plus rauque qu'elle ne l'avait prévu. Être si proche, voir le plan bien sculpté de son torse, l'avoir si sincère et attentif à ses envies et besoins, lui donnait envie de sortir de sa coquille. Sa timidité s'était déjà évaporée pour laisser place au désir et elle déplaçait ses jambes l'une contre l'autre pour soulager la douleur grandissante entre elles.

Tojait refléta son regard plein de désir avec une expression malicieuse en répondant.

— Ta position préférée est ce que certains humains appellent le missionnaire, et ta position « supposément » la moins préférée est lorsque je te monte par derrière.

Supposément la moins préférée ? Comme si elle ne connaissait pas son propre esprit ?

— Et comment saurais-tu cela, M. Tojait Ameek Buuois 'Jall ? souffla-t-elle en utilisant son nom complet.

Sa voix devint rocailleuse, attisant davantage le feu qui couvait dans son ventre.

— Je le sais parce que je t'ai amenée à l'orgasme à de nombreuses reprises, souvent plusieurs fois pendant le coït. La méthode que j'ai employée est ta supposée position la moins préférée, selon tes propres demandes.

Une indignation vertueuse s'empara d'Alisa alors que l'hybride extraterrestre se vantait de sa conquête de son corps. Le sexe avait toujours été correct au mieux et décevant au pire. Elle avait l'impression que c'était principalement dû à l'inexpérience de ses petits amis. Non qu'elle soit une sorte d'experte. Sa courte série de mésaventures avait conduit Alisa à résoudre son problème en employant à nouveau la science, sous la forme d'une collection considérable de jouets pour adultes.

Mari présumé ou non, elle ne supporterait pas sa fanfaronnade. Alisa le fusilla du regard et serra les dents. Il n'avait aucune idée à quel point elle était à la fois irritée et excitée par son arrogance.

— D'accord, *mari*, le provoqua-t-elle. Réprimant sa gêne, Alisa s'appuya sur ses coudes et fit mine d'écarter les jambes.

Tojait entrouvrit les lèvres pour ajouter quelque chose à son commentaire et s'arrêta, bouche ouverte, observant sa nouvelle position. Avec ce simple changement, elle l'avait rendu muet.

Pour tester davantage le terrain, Alisa passa lentement sa main le long de son torse et poussa sa poitrine en avant.

— En théorie, tu m'as fait voir des étoiles, mais je suis une femme de science. J'aurai besoin que tu me le prouves.

Le mâle pencha la tête et cligna lentement des paupières intérieures, suivies par les principales, son regard suivant le passage de sa main sur son ventre. Lorsque ses doigts glissèrent entre les replis de son sexe, il parut plus satisfait qu'elle ne l'avait jamais vu durant toute la série télévisée. Satisfait et prêt à bondir.

Tojait expira avec un lourd souffle, comme s'il lui fallait tout son contrôle pour ne pas se rouler sur elle et prendre ce qu'il voulait.

— Je suis plus que disposé à t'apporter des preuves, ma chère humaine.

Alisa baissa les yeux vers son entrejambe et vit l'effet physique de son désir. Sous le coton de son pantalon ample à cordon, le sexe épais qui pendait sur une de ses cuisses s'allongeait et devenait plus prononcé. En se raidissant, la chair dépassait de la braguette de son pantalon, révélant l'anneau médian et une crête de petites bosses spongieuses bordant le dessous de son membre. De petites gouttes d'humidité brillaient sur la surface, rendant la peau glissante.

Elle imagina comment ces textures inhabituelles et glissantes pourraient se sentir en glissant à l'intérieur d'elle et remua les hanches avec impatience. C'était peut-être leur statut d'accouplés qui stimulait ses hormones. Ou ce magnifique mâle, disposé et désireux de la posséder. Quelle qu'en soit la raison, chaque seconde qui passait renforçait sa résolution.

Au diable sa maladresse. Au diable la timidité. Alisa voulait aller là où aucune femme n'était jamais allée auparavant – au lit avec un hybride extraterrestre.

Tojait se prit en main, caressant son sexe de la base jusqu'à l'extrémité, et accordant une attention particulière à l'évasement large du gland.

— Allonge-toi.

Alisa se laissa tomber sur le matelas et écarta ses jambes. Ce n'était pas le mouvement le plus gracieux, mais il l'amenait rapidement là où elle voulait être. Elle leva les yeux pour trouver son regard dilaté parcourant son corps comme un chat à l'affût. Son regard lui fit serrer involontairement les draps dans ses poings et accéléra son cœur. Elle retint son souffle tandis qu'il retirait son pantalon et rampait lentement au-dessus d'elle pour l'encager dans son corps beaucoup plus grand. Alors qu'il s'abaissait, sa peau chaude glissa sur la sienne, lisse comme de la soie, la faisant se tortiller et haleter.

Elle n'avait jamais imaginé que sa peau puisse être différente, mais la subtile dissemblance était incroyable. L'envie de le sentir sous ses doigts poussa Alisa à passer ses mains sur ses épaules. Elle traça les contours et les renflements de ses muscles, sentant leur puissance alors qu'ils se contractaient et s'étiraient tout en explorant son corps.

Les yeux de Tojait se fermèrent tandis qu'elle caressait sa peau, s'arquant sous son toucher alors qu'il baissait sa tête vers son visage.

— Tu sens si bon. Tu as toujours senti *si* bon.

Alisa trembla alors qu'il glissait son membre entre les plis humides de son sexe et posait ses lèvres sur les siennes. Le baiser chaste fut suivi d'un autre plus sincère jusqu'à ce qu'elle y réponde.

Il sourit contre ses lèvres alors que la tension dans son corps s'apaisait et mordilla son chemin jusqu'à sa mâchoire.

— Aimes-tu ma bouche sur toi ?

— Oui.

La douleur brûlante qui avait lacéré ses entrailles plus tôt s'intensifiait à chacune de ses caresses.

— S'il te plaît, donne-m'en plus.

Alisa haleta en sentant l'étrange texture de la langue de Tojait alors qu'il léchait le long cuivré de son cou. La chair bleu foncé était râpeuse à certains endroits et veloutée à d'autres, laissant une traînée brillante dans son sillage alors qu'il la goûtait.

— Tu es si douce ici.

Il la lécha à nouveau, cette fois sur sa gorge. Ses dents tranchantes comme des rasoirs marquèrent légèrement sa peau tandis que ses mains la clouaient au sol. Alisa le regarda avec curiosité alors qu'il se redressait, se léchant les lèvres, ses dents pleinement visibles.

— Douce ici et pourtant je sais que tu es encore plus délicieuse ailleurs.

L'idée de l'endroit auquel il pouvait faire référence la fit gémir pour qu'il le trouve. Encouragé par sa réponse, Tojait continua vers le bas, mordillant et léchant en direction de ses seins.

Tojait se déplaça plus bas, son sexe traînant humidement le long de l'intérieur de sa jambe. Perché au-dessus de sa poitrine comme un prédateur, il leva les yeux pour croiser son regard et prit soigneusement un mamelon doux dans sa bouche. La sensation de ses lèvres, accompagnée de sa langue étrangère brossant le bourgeon sensible, fit supplier Alisa pour en avoir plus.

— Oh, oui ! Plus de ça, s'il te plaît ! murmura-t-elle en arquant son dos.

Il lui donna ce qu'elle demandait. Prenant soin de ne pas mordre sa peau, il lécha, embrassa et suça le mamelon sombre jusqu'à ce qu'il soit raide sous sa langue. Ses mains s'étaient frayé un chemin sous elle, massant la chair rebondie de ses fesses pendant qu'il pressait doucement sa bouche contre le monticule doux.

Alisa gémit et ondula des hanches par besoin. Elle ne pouvait pas se rappeler la dernière fois où elle s'était sentie aussi folle. Elle était proche juste parce qu'il suçait son sein et pensait qu'elle pourrait jouir de cela seul.

— Bon sang, tu es doué.

— C'est ce que tu m'as dit.

Il lui lança un regard espiègle avant d'enfouir l'autre mamelon dans sa bouche. La première aspiration envoya une décharge presque climatique jusqu'à son clitoris. Que le ciel l'aide, cet homme... euh, ce mâle... la rendait folle !

— Tojait, s'il te plaît. Plus de taquineries. Je te veux.

Tojait leva la tête avec un clin d'œil paresseux et s'appuya avec une main de chaque côté de sa tête.

— Et tu m'auras.

Chapitre Cinq

Un instant plus tard, elle sentit la large tête de son sexe frôler son entrée tandis qu'il alignait leurs hanches. — En tant que femme de science, souhaites-tu que je reproduise les résultats de nos précédentes unions ?

L'une de ses mains quitta la couchette pour saisir fermement sa hanche. Alisa déglutit difficilement à ce contact. Ses intentions brûlantes vibraient sur sa peau. Avec un hochement de tête timide, elle dit : — Oui, exactement.

Il se rapprocha jusqu'à ce que leurs lèvres se frôlent, et elle sentit son souffle doux. — Permets-moi d'établir un contrôle puis de mener l'expérience.

Sur ces mots, il poussa en avant et fit rouler ses yeux dans sa tête. Douces étoiles dans le ciel, qu'il était bon mais imposant ! Alisa agrippa la literie en se forçant à se détendre autour de lui. Pour apaiser son inconfort, son compagnon alien prit son temps, mordillant et embrassant son cou. Centimètre par centimètre étirant ses parois, Tojait nourrissait son centre étroit de son sexe, se retirant lentement puis inversant la trajectoire pour lui donner le temps de s'adapter.

Un grognement glacial s'échappa de ses lèvres tandis qu'il s'enfonçait plus profondément. Le doux murmure aux voyelles rondes du rulsox commun emplit ses oreilles alors qu'il caressait son visage de ses doigts. Pour la première fois, Alisa était reconnaissante d'avoir passé tant de temps à apprendre cette langue inventée.

Tojait lui disait des choses qu'elle n'aurait jamais cru entendre d'une race d'êtres stoïques et conservateurs. Ces phrases la faisaient rougir et l'amenaient à se demander ce qu'elle savait réellement d'eux. Tojait n'était pas affecté par sa curiosité et sa timidité alors qu'il la couvrait d'éloges. Il était trop absorbé par ses efforts pour s'enfoncer en elle.

Après quelques va-et-vient, il retira son membre et le fit glisser entre ses replis. Chaque fois, la tête de son sexe heurtait son clitoris et la faisait gémir pour en avoir plus. — S'il te plaît, s'il te plaît, s'il te plaît, s'il te plaît ! supplia-t-elle en griffant ses bras.

Depuis quand était-elle devenue si exigeante et si nécessiteuse ? Alisa n'avait jamais parlé pendant l'acte et n'avait jamais osé demander ce qu'elle voulait de peur de paraître ridicule. Quelque chose dans la présence de Tojait et la sécurité de leur engagement d'âmes lui donnait le courage d'exprimer ses désirs. — Montre-moi comment nous faisons l'amour.

Un grognement sauvage roula dans sa gorge tandis qu'il s'emparait de ses lèvres pleines et poussait en avant. Ses jambes s'écartèrent alors qu'il s'enfonçait profondément et que l'évasement en cloche de son gland frappait son col de l'utérus. Le bord ondulé et doux la fit gémir et se tordre sous lui. Était-il censé procurer autant de plaisir ? Mon Dieu, tous les mâles Rulsox étaient-ils ainsi ?

Tojait gronda dans sa bouche et resserra sa prise possessive sur ses hanches.

Oups. Avait-il entendu sa pensée ?

En effet, je l'ai entendue.

Oh, mon Dieu. Probablement préférable de se concentrer simplement sur le sexe en question.

À cette pensée, la poitrine de Tojait vibra et il émit ce cliquetis sifflant étrange qu'elle avait entendu plus tôt. *Je me ferai un devoir d'accaparer toute ta concentration. Aucun autre sexe ne traversera ton esprit après que tu auras trouvé ton plaisir sur le mien.*

Il se retira lentement et lui fit recroqueviller les orteils dans la douceur de leur lit. Était-ce même réel ? Tojait ne devrait pas procurer autant de plaisir, même avec l'aide de L'Île Fantaisie. Alisa déglutit bruyamment et enroula ses jambes autour de sa taille dans une demande involontaire d'en avoir plus. Son mari répondit en mordillant sa lèvre inférieure et en ronronnant dans sa bouche. Mmm, il aimait ça, hein ?

Tandis qu'il se retirait davantage, Alisa pouvait facilement imaginer une invasion extraterrestre réussir si tous pouvaient s'y prendre comme ça. La langue de Tojait dominait sa bouche alors qu'il renvoyait toute la longueur de son sexe en elle. Ce glissement qui chatouillait ses nerfs fit qu'Alisa planta ses ongles manucurés dans son dos en criant dans sa bouche. Toutes les bosses et les crêtes qu'Alisa avait vues plus tôt, elle les sentait maintenant alors que chacune d'elles fouillait et étirait ses parois. C'était encore plus saisissant quand il se retirait car elles raclaient son point G.

Il répéta le mouvement, une fois, deux fois, jusqu'à trouver un rythme. Chaque poussée intensifiait la pression en elle. Alisa gémit contre ses lèvres et s'accrocha au matelas en dessous.

Elle allait jouir et jouir fort. Elle rompit leur baiser et gémit dans l'air. — Tojait, je... C'est trop.

Tojait la regardait, clignant de ses deux paires de paupières tout en savourant l'expression d'extase sur son visage. — C'est ça, petite. Prends ton plaisir. Jouis sur mon sexe, Alisa.

Alisa n'avait pas le choix. Un instant elle était au bord, et l'instant d'après elle plongeait dans un vide de béatitude. Son orgasme la tenait si captive qu'elle avait juste la force de respirer. Ce n'est qu'une fois qu'il s'estompa qu'elle eut l'impression de pouvoir bouger à nouveau.

Tandis qu'elle haletait, les longs bras de Tojait la soulevèrent et la retournèrent sur le ventre. La tirant par la taille, son compagnon alien la mit à quatre pattes alors que son corps continuait de trembler incontrôlablement. Alisa n'avait jamais joui comme ça auparavant. S'il disait qu'elle préférait la position dans laquelle il prévoyait de la prendre maintenant, elle ne savait pas comment elle resterait consciente.

— Tojait... gémit-elle, incertaine de ce qu'elle demandait.

Tojait passa ses mains le long de son dos et admira la brillance humide qui se formait sur sa peau brune lumineuse. — Voilà comment nous faisons l'amour. Voilà comment je te fais mienne, dit-il d'une voix rauque. Alisa frissonna en sentant sa langue étrangement agile remonter le long de sa colonne vertébrale. Ses mains la maintenaient immobile tandis qu'il mordillait son épaule. — Je vais te faire jouir encore.

Encore ? Elle haleta lorsque ses mains saisirent ses hanches et l'attirèrent sur son pénis. Sa longueur monstrueuse s'enfonça en elle avec un pop palpable qui résonna délicieusement en elle. Alisa arqua le dos et gémit bruyamment. — Oh, mon Dieu ! Oh, Tojait !

La virilité de Tojait était suffisamment humaine pour être gérable, mais ses éléments extraterrestres lui faisaient recroqueviller les orteils de la meilleure façon imaginable. Cet anneau, le cercle bosselé autour de sa circonférence, tirait sur le nœud spongieux de son point sensible à l'intérieur. Associé à sa tête plate et large, Alisa savait qu'elle tremblerait bientôt autour de lui à nouveau.

Les mains de Tojait passèrent de ses hanches à ses fesses, en palpant avidement les courbes tandis qu'il accélérait. La tête d'Alisa s'agitait de gauche à droite car chaque poussée dissolvait sa capacité à raisonner. Pourquoi n'avait-elle pas demandé à être baisée plus tôt ? Elle était censée être en vacances, profiter de la vie, et mon Dieu, c'était ça, vivre.

Les sons de ses miaulements avides remplissaient la tente alors qu'il la surprenait avec une vigoureuse claque sur ses fesses. Cela ne faisait pas mal, mais ça la fit basculer. Son sexe téta sa verge alors qu'elle jouissait avec un sanglot bruyant. Alisa tremblait terriblement comme si elle avait froid, à peine capable de rester à quatre pattes.

— Encore, râla-t-il, la chevauchant plus durement.

Bon sang, elle allait s'évanouir si elle jouissait encore comme ça.

— Te souviens-tu de moi maintenant, compagne ? Te souviens-tu de ceci ? Le son bas et guttural de sa voix l'appelait depuis derrière.

Se souvenir ? Elle pouvait à peine penser avec la façon dont il la pilonnait. Toujours à quatre pattes, Alisa cria son nom pour qu'il ait pitié de la façon pécheresse dont il la prenait.

Toutes les choses qu'elle pensait détester, son extraterrestre trouvait un moyen de les rendre indéniablement désirables. Elle voyait la fessée comme un tabou mais se retrouvait à cambrer le dos en une supplique silencieuse pour en avoir plus. Avant, pendant l'acte, elle était silencieuse comme une souris d'église. Son mari hybride la faisait crier comme une dévergondée.

Normalement, elle serait gênée par le rebond de ses fesses. Au lieu de cela, Alisa était emplie d'une joie hédoniste alors que Tojait pétrissait et serrait chaque fesse. Sans parler du fait qu'elle était plus que reconnaissante pour le coussin que son grand postérieur offrait. Son compagnon alien la montait vigoureusement, claquant ses hanches si rapidement contre les siennes que ses fesses claquaient contre lui à l'impact. Quand il la fessait pendant ces coups particulièrement profonds, Alisa pensait qu'elle s'évanouirait tant elle jouissait fort.

— Te souviens-tu, Alisa ? grogna-t-il. Te souviens-tu à quel point ton âme sœur t'adore ? À quel point j'ai faim de te sentir te défaire quand je suis en toi ?

— Oh, mon Dieu... Alisa tomba sur ses avant-bras tandis que sa force diminuait. Toujours avide d'en avoir plus, elle garda ses hanches soulevées, l'encourageant à continuer et à la remplir. — Je veux me souvenir, haleta-t-elle dans l'air étouffant de la tente. Je veux...

À sa confession, Tojait maintint l'une de ses jambes sur le côté et continua à se marteler entre elles. La nouvelle position exposait le petit bourgeon entre ses replis à toutes les frictions. À peine deux coups plus tard, la vision d'Alisa se brouilla et son corps se cabra. Elle griffa la literie et hurla silencieusement sa délivrance dans son tissu moelleux. Des étoiles explosèrent derrière ses yeux tandis qu'elle retenait son souffle.

Elle pouvait sentir l'orgasme imminent de Tojait et la sensation s'insinuait dans ses nerfs et propulsait son propre orgasme vers de plus hauts sommets. Il ne pouvait pas contenir le plaisir qu'il ressentait à la prendre ainsi — ouverte, vulnérable et criant d'extase. Leurs émotions tourbillonnaient entre eux, la félicité se mêlant en un bassin qui ne laissait aucune distinction entre l'un ou l'autre.

La délivrance de Tojait suivit de près la sienne. Se secouant et grondant, il maintint ses hanches en place pour lui faire prendre jusqu'à la dernière goutte de son sperme. Giclée après giclée chaude de sa semence pulsait dans son corps épuisé. Tandis qu'elle haletait face à ce flot montant, Alisa comprit que lorsqu'il avait mentionné plus tôt l'entraînement à la reproduction, il était tout à fait littéral.

Juste au moment où la chaleur jaillissante commençait à couler le long de ses jambes, la base de son sexe gonfla pour garder le reste à l'intérieur. Alisa ferma étroitement les yeux à la sensation d'étirement qui poussait contre ses parois et avala bruyamment de l'air. Aucun des épisodes de télévision ne l'avait préparée à tout cela. Son mari l'avait épuisée et l'avait amenée à une supernova complète et stridente. Si elle pouvait marcher demain, ce serait une merveille de la science moderne.

Avant qu'elle ne puisse s'effondrer sur le matelas, Tojait passa un bras pâle autour de sa taille et la tira contre sa poitrine. Il écarta doucement les tresses de son visage et frotta son nez contre son cou. — Si tu ne peux pas te souvenir, je prendrai plaisir à te courtiser à nouveau comme je l'ai fait quand tu es devenue mon épouse pour la première fois. Tant que nous sommes ensemble, mon âme sœur, nous pouvons créer de nouveaux souvenirs.

— Si tu continues à me faire des choses comme ça, je ne vivrai pas assez longtemps, répondit-elle, fatiguée.

Tojait souffla par le nez et esquissa un doux sourire. — L'humour humain, encore. Tu *vas* mieux. Repose-toi avec moi.

Avec précaution, il les allongea sur le côté jusqu'à ce que son nœud diminue. Collée fermement à son compagnon, Alisa cligna des yeux avec somnolence dans son étreinte chaleureuse tandis que sa main caressait lentement son ventre. Elle n'avait jamais été aussi épuisée ou aussi heureuse de sa vie après l'amour. Si elle n'avait que ce moment entre eux deux, cette fantaisie aurait valu chaque centime.

Chapitre Six

Somnolente, mais ne voulant pas manquer un seul instant de cette félicité, Alisa demanda : — C'est toujours comme ça entre nous ? Quand nous... nous unissons ?

Tojait arrêta momentanément sa main avant de reprendre les cercles paresseux qu'il dessinait autour de son nombril. — D'habitude, je ne suis pas si rapide à atteindre l'orgasme. Je m'excuse.

Pas si rapide... ? Les yeux d'Alisa s'ouvrirent grand. Si Tojait avait continué plus longtemps, elle aurait fait une crise cardiaque ! Il s'agita face au silence grandissant et déplaça sa main pour la poser sur sa hanche. — Tu ne ris pas.

— Devrais-je ? couina-t-elle, incrédule.

— Eh bien, généralement on rit après la chute d'une blague. À moins que, bien sûr, la vérité soit que j'ai atteint l'orgasme trop rapidement. Bien qu'il ait formulé cette question comme une affirmation, elle pouvait sentir sa fierté masculine se flétrir.

Le soulagement d'Alisa se manifesta par un grand éclat de rire, bruyant et ponctué de reniflements. Elle plaça fermement sa main sur la sienne et sourit bêtement. — Dieu merci ! Si tu avais tenu plus longtemps, ce serait moi qui m'excuserais de ne pas avoir pu suivre.

Tournant son cou aussi loin qu'elle le pouvait, Alisa déposa un chaste baiser le long de la ligne tranchante de sa mâchoire. — C'était merveilleux. Merci.

La posture rigide de son corps se relâcha lorsqu'il reconnut sa satisfaction sincère. Il expira et frissonna tandis que son nœud se rétrécissait suffisamment pour lui permettre de se retirer. La curiosité poussa Alisa à regarder vers le bas, pour être choquée une nouvelle fois. Recouvrant ses cuisses se trouvait le fluide bleu fluorescent le plus brillant qu'elle ait jamais vu. Elle n'avait jamais pensé à demander si une partie de lui était toxique ou, dans ce cas, peut-être radioactive. — Qu'est-ce que... ? Elle déglutit avec difficulté et essaya à nouveau. — Est-ce que c'est censé être de cette couleur ?

Tojait regarda entre ses jambes et toucha du doigt le liquide qui s'écoulait de ses replis. — Ma semence ? Oui, elle a pris cette couleur après notre union d'âmes. C'est l'une des façons dont les mâles Rulsox marquent leurs femelles. La couleur indique notre statut d'âmes sœurs.

Du sperme bleu ? Tiens donc. Qui l'eût cru ?

Tojait passa un petit appareil sur elle et fit évaporer le liquide. En quelques secondes, elle était débarrassée du bleu et, selon lui, désinfectée. Était-ce ce qu'il avait utilisé quand elle était inconsciente ?

Après lui avoir caressé le cou une fois de plus, il la serra étroitement contre lui et se tut. Alisa pensait que Tojait était peut-être endormi. Bien que somnolente, elle se blottit contre sa masse chaude, regarda à travers la tente et laissa son esprit vagabonder.

Elle, Alisa Davis, était mariée à l'homme de ses rêves. Franchement, même y penser suffisait à lui faire perdre la tête. Cet alien hybride fascinant et complexe, au corps magnifique qu'elle avait désiré et idolâtré de loin, était à elle. Elle était folle de joie face à cette bénédiction inattendue qui lui avait été accordée, mais lui devait se sentir déçu. Tojait méritait tellement mieux qu'elle.

Un grognement sourd vibra à travers elle et fit trembler ses os. — Ne dis pas de telles choses. Je ne parlerai pas pour toi, et j'aimerais avoir la même courtoisie.

— Je n'ai rien dit, répondit-elle, oubliant momentanément qu'il pouvait lire dans ses pensées.

— Tu l'as pensé. Tojait la retourna pour lui faire face, et passa un doigt chaud sur son front. Malgré ce geste doux, ses yeux brûlaient de colère. — Tu me fascines, Alisa. Je ne comprends pas pourquoi tu crois que je penserais autrement.

Alisa se rapprocha et posa sa tête sur sa poitrine, souhaitant pouvoir le croire.

*****

Après un autre passage dans la salle de bain et un arrêt sous la douche, Alisa se sentit assez énergique pour s'aventurer hors de leur tente. Tojait lui tendit de nouveaux vêtements, presque identiques à l'uniforme déchiré qu'elle portait.

Elle tressa ses cheveux sur son épaule pour les maintenir hors du chemin. Quand elle eut terminé, elle vit Tojait la regarder comme si elle était encore nue. Pris en train d'admirer son visage et sa silhouette, il s'éclaircit discrètement la gorge et fit un signe de tête vers la porte de la tente. — Si tu es prête, nous reprendrons nos fonctions.

— À tes ordres. Alisa étouffa un rire. C'était fou ! Elle faisait vraiment partie de l'équipage d'un vaisseau spatial ! Avant qu'ils ne sortent, Tojait lui donna un sac contenant ce dont elle aurait besoin pour la mission et une ceinture équipée d'un phaseur dans son étui.

Celui qui avait créé son fantasme devait aussi être un grand fan d'émissions spatiales, pensa-t-elle en examinant chaque objet. Les détails étaient si précis qu'ils semblaient réels. Le maquilleur de Tojait devait gagner une fortune avec son talent. La combinaison à elle seule valait son pesant d'or.

Après avoir examiné le contenu, Alisa ferma son sac et suivit Tojait à l'extérieur de la tente pendant qu'il tenait le rabat ouvert. Dès qu'elle regarda autour d'elle, elle poussa un cri d'excitation. — Wouah ! On est vraiment dans un autre monde ! Ce décor est incroyable !

Alisa se retourna pour observer le paysage autour d'elle avec un émerveillement pur. Cela ne ressemblait en rien à la Terre. Du ciel violet aux rochers rouges et duveteux, en passant par les mares argentées qui pourraient être du mercure, la planète était un spectacle extraordinaire.

Tojait vint à ses côtés alors qu'elle se penchait pour examiner le sol sous ses pieds. — C'est dingue ! Je n'ai jamais rien vu de tel !

Tojait leva un sourcil tout en calibrant ses instruments. — C'est comme n'importe quelle autre planète en terraformation sur laquelle nous nous sommes posés. Je me réjouis que tu puisses la regarder avec un regard neuf et admirer la planète 593.4 pour la planétoïde unique qu'elle est.

Alisa leva les yeux vers lui, souriant d'une oreille à l'autre. — Tu n'as pas idée. Je ne sais même pas comment ils ont réussi ça.

— Qui est ce « ils » auquel tu fais référence ? demanda-t-il d'un air perplexe.

Alisa ferma brusquement la bouche et grimaça. Elle sortait de son personnage. C'était une autre planète, du point de vue de son fantasme, et l'acteur de Tojait essayait de maintenir la scène. — J'ai dit ils ? Je voulais dire « la ». Tu sais, pour le, euh, Créateur. C'est incroyable comment Il a formé tout cela.

Cela tombait bien que le personnage qu'elle incarnait croie aussi en un pouvoir supérieur. Tojait acquiesça avec un grognement, toujours en train de manipuler ses accessoires. Il était vraiment investi dans son rôle, contrairement à elle. Alisa commençait à se sentir un peu coupable de ne pas faire le travail qu'elle s'était attribué. Tout ce qu'elle avait fait jusqu'à présent, c'était laisser son alien la ravager. Non pas qu'elle s'en plaignait...

— Alors, quel est exactement notre objectif pour cette mission d'exploration ? demanda-t-elle, en touchant la terre rose et magenta.

Tojait continua à taper dans son enregistreur de données tout en répondant. — Un relevé planétaire de routine. En tant qu'officier scientifique en chef, je collecte des échantillons biologiques et je plante des rovers pour enregistrer des données une fois que nous serons partis. Toi, en tant que cartographe stellaire et planétaire, tu vérifies les cartes que tu as dessinées plus tôt sur le vaisseau et tu les soumets pour les futures missions.

Alisa hocha la tête en tenant son équipement. Ainsi, elle avait pris la place de l'officier de navigation de l'émission. Ce personnage était toujours présenté comme le flirt, mais ni l'officier de navigation ni Tojait n'avaient été écrits avec un arc romantique. Cela l'avait souvent attristée qu'il soit sans compagne. Le capitaine avait plus de conquêtes qu'il ne pouvait en compter, et les autres membres d'équipage avaient des liaisons illicites ici et là. Cependant, Tojait était le loup solitaire de l'équipage. Il n'était ni assez humain ni assez Rulsox pour l'une ou l'autre espèce.

Ils partirent tous deux de leur campement, suivant la carte d'Alisa. Plus ils avançaient, plus elle devenait anxieuse. Les merveilles qu'ils découvraient la laissaient en proie à un soupçon grandissant. Les rochers n'étaient pas recouverts de moquette, comme elle l'avait supposé, mais étaient vraiment duveteux. Le sable n'était pas teint en rose, et la chaleur des soleils semblait bien trop réelle.

Alisa s'effondra bientôt sur l'une des pierres duveteuses et sortit sa gourde. Elle les avait menés sur ce qu'elle croyait être un court sentier circulaire avant de rentrer pour la nuit, mais *court* était sujet à interprétation. — Pourquoi n'ai-je pas mis d'échelle sur cette carte ? gémit-elle en s'essuyant le front.

Tout ce qu'elle voulait, c'était enlever ses bottes montant jusqu'aux genoux et frotter ses pieds endoloris. C'était ridicule. Toute cette technologie et toujours pas de chaussures confortables pour les femmes ?

Tojait s'approcha alors qu'elle était assise à boire son eau et s'accroupit à côté d'elle avec quelque chose entre ses paumes. Alisa s'essuya la bouche avec le dos de sa main et fit un signe de tête vers lui. — Qu'est-ce que tu as là ?

Un picotement bourdonnant, comme celui de l'excitation, lui chatouilla la peau tandis qu'il la regardait. Leur connexion d'âmes, supposa-t-elle, qui devenait plus forte à mesure qu'il s'approchait. — Une nouvelle découverte. Pour toi.

— Oh ! C'est tellement gentil ! Alisa sourit et sentit le bourdonnement se transformer en une pulsation électrique. Quoi que ce soit, Tojait était très impatient de le lui montrer et encore plus ravi de lui avoir fait plaisir. — Le plaisir est à partager entre nous.

Il ouvrit ses mains pour révéler un poisson aux écailles dorées, se débattant et haletant dans ses paumes. Le long de son corps, de fines branchies à froufrous ondulaient au-dessus de nageoires ridicules. On aurait dit qu'un poisson volant avait été trempé dans des paillettes et dopé aux stéroïdes. Tojait tenait la pauvre bête dans ses mains, offrant à Alisa un regard sur son étrange queue en forme d'éventail. — C'est une espèce non documentée. Je voulais que tu la voies en premier. Tu peux lui donner un nom courant, si tu le souhaites ?

Aussi beau soit-il, Alisa était consternée de le voir si angoissé. Elle ne voulait pas que quoi que ce soit souffre pour que son fantasme paraisse réel. Secouant la tête, Alisa repoussa ses mains. — J'adorerais, mais tu devrais le remettre à l'eau.

Tojait lui lança un regard sceptique et ouvrit davantage ses mains. — Cela le tuerait.

Confuse, elle demanda : — De quoi parles-tu ? C'est un poi... *Putain de merde* !

Alisa retomba sur le rocher, bouche bée, lorsque le « poisson » sauta des mains de Tojait et s'élança dans les airs. Elle suivit son vol dans le ciel et vit un grand nombre d'entre eux voler.

Tojait détourna son regard d'elle vers la bête scintillante au-dessus d'eux, un sourcil levé en signe de protestation. — Je dois m'opposer à nommer cette créature putain de merde. Quelque chose d'aussi vulgaire pourrait entraîner des problèmes à l'avenir. Peut-être quelque chose en rapport avec sa couleur, sa forme ou ses traits principaux ?

Elle resta assise, bouche ouverte, secouant la tête avec incrédulité. Il volait ! Ce poisson venait de voler dans les airs comme un oiseau, et il n'était pas le seul. Il y en avait tout un essaim.

Chapitre Sept

— Alisa, est-ce que ça va ? Ta peau a une pâleur anormale, dit Tojait.

Ses mots étaient à peine audibles par-dessus les battements rapides de son cœur tandis qu'elle regardait l'horizon. Elle avait été tellement absorbée par l'exploration de sa carte et sa conversation avec Tojait qu'elle n'avait pas remarqué leur environnement ni les animaux qu'il avait répertoriés. Au loin, un nuage brillait intensément avec des filets d'argent qui traînaient en dessous. Une créature ressemblant à un énorme pingouin croisé avec une chenille s'éloignait d'un groupe d'autruches sans yeux au visage de carlin, qui avaient toutes, comme par hasard, dix pattes chacune.

Alisa cligna des yeux en se les frottant. Chaque chose bizarre restait d'une clarté cristalline. Soit elle se trouvait sur une planète différente avec un véritable mari extraterrestre, soit elle avait la réaction la plus folle imaginable à ses médicaments contre les allergies. — C'est... réel ?

Son compagnon recommença ce cliquetis sifflant, qu'elle savait maintenant qu'il produisait quand il était particulièrement émotif, et s'approcha d'elle. — Qu'est-ce qui est réel ? Alisa, je commence à craindre que ta blessure ne soit plus grave que je ne l'avais conclu. Il sortit son communicateur et alluma l'écran. — Je vais appeler le capitaine et...

— Non ! cria-t-elle en se levant d'un bond. Tojait la regarda en clignant des yeux et elle prit une profonde inspiration. — Je vais bien, vraiment.

Les iris noirs de Tojait semblaient durs comme la glace et tout aussi froids lorsqu'il la fixa d'un regard sévère. — Tu mens.

Zut, elle avait oublié cette histoire d'échange d'âmes. Tojait pouvait lire ses émotions, et parfois ses pensées. Alisa se mordit la lèvre tandis qu'elle se rasseyait lentement sur le rocher. — Vraiment, je vais bien.

Je ne m'attendais pas à ce que tout soit si étrange. Ce poisson volant m'a surprise, m'a laissée désorientée. Je n'ai pas fait attention à notre environnement. Trop concentrée sur la carte et mes calculs.

— Je devrais immédiatement contacter le Médecin-Chef, dit-il, peu convaincu par son explication. — Aucune mission ni tâche ne vaut la peine de risquer ta santé.

Mince ! Elle était encore sortie de son personnage. En tant qu'Officier de Navigation du vaisseau, elle devrait être habituée aux nouvelles planètes extraterrestres avec leurs paysages surréalistes et leurs formes de vie étranges. Pas étonnant que Tojait veuille appeler une assistance médicale.

Réfléchissant rapidement, Alisa plaça ses mains dans celles de Tojait et lui lança un regard sincère. — Écoute, je sais que je me suis cognée la tête et que je suis un peu étourdie, mais je te veux pour moi toute seule sans que personne n'intervienne. Continuons à explorer la planète et à nous découvrir l'un l'autre, mais si je ne vais pas mieux dans vingt-quatre heures standard, je te donne la permission complète d'appeler le médecin à l'aide.

Tojait l'étudia pendant un long moment. Alisa savait que ce n'était pas facile pour lui. Les mâles Rulsox adoraient leurs compagnes et les valorisaient par-dessus tout. Il serait contre tout ce qui pourrait la mettre en danger. Il prit une profonde inspiration et expira lourdement.

— Tu dis la vérité. Je respecterai tes souhaits et t'accorderai le temps demandé, même si cela va à l'encontre de la Section 4, Codes 58.21 et 58.63.

Alisa gloussa et embrassa son mari extraterrestre fronçant les sourcils sur les lèvres. — C'est un risque que je suis prête à prendre. Merci.

— Aucun remerciement n'est nécessaire, dit-il, toujours en fronçant les sourcils et semblant troublé par sa demande.

— Ce sera nécessaire quand je te demanderai de me porter jusqu'à la maison, taquina-t-elle.

Tojait s'illumina et s'approcha. Alisa poussa un petit cri lorsqu'il l'arracha du rocher dans ses bras attentifs, calant son poids le long des larges plans de son torse. Son odeur unique emplit ses narines tandis qu'il la tenait, évoquant des souvenirs de zeste de citron vert fraîchement râpé et d'aiguilles de pin écrasées. Une combinaison inhabituelle mais qu'elle trouvait désormais très enivrante.

Alisa se blottit plus près et se détendit contre lui. Quelque chose chez ce mâle silencieux lui donnait l'impression d'être chez elle. — Je plaisantais, tu sais. Je peux marcher.

Tojait ne fit aucun commentaire sur sa déclaration contradictoire, bien qu'il y eût un léger sourire sur son visage autrement stoïque.

Alisa étouffa un long bâillement. — Pourquoi suis-je soudainement si fatiguée ?

— C'est la chaleur. C'est très épuisant et tu n'as pas consommé assez de liquides. J'aurais dû mieux veiller sur toi. Il semblait furieux contre lui-même.

— Tojait, je suis une femme adulte. Malgré l'incident d'hier, je sais prendre soin de moi.

— Tu es mon âme sœur, et tu as été blessée. C'est mon travail de veiller à ta santé et à ton bien-être émotionnel.

— Aussi agréable que cela puisse paraître, je ne veux pas être un fardeau pour toi, dit-elle, même en se blottissant plus près.

C'est une peur irrationnelle. Nous sommes liés par l'âme, Alisa. Nous ne faisons qu'un. Prendre soin de toi revient à prendre soin de moi-même. Tu ferais la même chose.

— D'accord. Je ne veux pas entraver la mission. Nous avons encore beaucoup de travail à faire. Pose-moi. Je peux travailler un peu plus longtemps, dit-elle.

Tojait secoua la tête. — Il est temps pour nous de chercher un abri. Le troisième soleil est sur le point de se lever. La température de surface de la planète atteindra plus de huit cents degrés.

Alisa jeta un coup d'œil au ciel. — Tu devrais peut-être marcher un peu plus vite.

*****

Alisa s'éveilla de son cycle de sommeil, consciente que son temps sur l'Île Fantaisie touchait à sa fin. Un jour, elle s'endormirait et se réveillerait au son des luaus et des vagues. Aujourd'hui, elle se promit d'arrêter de tout remettre en question et de profiter au maximum du temps qu'il lui restait. La lumière vive à l'extérieur lui fit savoir que les trois soleils brillaient encore intensément dans le ciel.

Pendant les prochaines heures, ils seraient piégés à l'intérieur de la sécurité de la tente, où une brise aérée et un intérieur ombragé les gardaient au frais. L'air changea et apporta le riche parfum citronné-pin de Tojait à ses narines. Le souvenir de leurs ébats amoureux fit saliver sa bouche et palpiter son sexe. Bientôt, son corps brûla mais ce n'était pas de fièvre.

Elle se tourna vers Tojait, ses yeux dévorant avidement ce qu'elle pouvait voir de son corps nu pendant qu'il dormait. Il était magnifique, même s'il n'était pas complètement humain. La silhouette de Tojait était un équilibre magistral de muscles lourds et de faible graisse corporelle, comme s'il avait été sculpté dans du marbre beige. La seule exagération était le rapport entre ses épaules et sa taille. Les premières étant si larges et l'autre ridiculement fine, il avait l'apparence d'une physionomie de nageur géant déformée. Un peu comme ces créatures dans le film Avatar, avec ses traits faciaux acérés, ses oreilles pointues et ses rayures à peine visibles le long de son dos et de son visage. Des cils épais bordaient ses joues, et les cheveux noirs qui couronnaient sa tête avaient un éclat bleuté.

Son regard se fixa sur sa bouche. Ces lèvres avaient fait des choses incroyables à son corps. Son baiser était quelque chose qu'elle n'oublierait jamais. Alisa retint un gémissement en se rappelant la sensation de sa chair pressée contre la sienne. Elle voulait ressentir cela à nouveau. Voulait Tojait si profondément en elle qu'elle ne pouvait pas distinguer où il finissait et où elle commençait.

Un grondement bas attira son attention. Elle leva les yeux pour voir que Tojait s'était réveillé pendant son inspection et la regardait maintenant avec un regard tout aussi affamé. Il inspira profondément et ronronna en réponse. — Tu es excitée.

— Oui, acquiesça-t-elle en serrant les jambes.

Il se redressa langoureusement sur ses coudes. Plus de son arôme décadent frappa ses narines et fit gémir Alisa. Son corps frissonna en s'arquant. — Ton odeur...

— N'a pas changé, dit-il en s'approchant. L'énorme main de Tojait saisit doucement la sienne et la maintint captive. Alisa inspira brusquement lorsqu'il porta ses doigts à sa bouche et passa lentement sa langue sombre sur chacun d'eux. Oh mon dieu.

L'expression de Tojait était si sauvage et si différente de son personnage dans la série, qu'elle aurait dû l'effrayer. Au lieu de cela, cela augmenta son excitation d'un cran. — Tu es en chaleur, dit-il.

— En chaleur ? Comme un animal ? demanda-t-elle, ne prêtant que partiellement attention à la discussion.

— Comme mon peuple, corrigea Tojait. — Les mâles Rulsox mettent leurs femelles en chaleur tous les trois cycles jarros. Ta sensibilité à mon odeur et l'état d'excitation de ton corps indiquent que ton temps est venu.

Alisa déglutit difficilement et s'agita nerveusement sur la literie. — Que se passe-t-il maintenant ?

Tojait lui adressa un sourire malicieux en la poussant doucement sur le dos. — Maintenant, nous mettons toute cette pratique de reproduction à bon usage.

Alisa le regarda tandis qu'il baissait la tête et se concentrait sur ses seins. Sa longue langue à double texture s'enroula autour de son téton, tirant le bourgeon tendu dans sa bouche qui attendait. La succion avide qui suivit obligea Alisa à se contenir. Tout à coup, cela semblait trop et exactement ce dont elle avait besoin.

— Combien de temps exactement dure cette chaleur ? demanda-t-elle, haletant pour respirer.

Tojait mordilla sa mâchoire et planta un doux baiser sur son sternum. — Une journée standard.

Elle s'agita alors qu'il reprenait son massage oral de ses seins, les caressant, les pressant et embrassant les monticules tout en tétant à son aise. Alisa soupira et entremêla ses doigts dans ses cheveux épais. — C'est tellement bon.

Il ronronna contre son téton et agita sa langue. La vibration alla droit à son centre. — Refais ça !

Soufflant d'humour à sa demande, il fit comme demandé. Elle tint sa tête fermement contre son sein et secoua la tête alors que la chaude douleur dans son ventre grandissait. Tojait la relâcha avec une traction et un bruit puis passa à l'autre téton, lui accordant la même attention généreuse.

Soudain, Tojait se laissa tomber sur le dos et la tira sur lui. Alisa poussa un petit cri face à ce changement brusque de position et s'agrippa à ses flancs. — Un petit avertissement serait agréable, Commandant !

Elle avait à peine eu le temps de s'ajuster quand il attrapa sous ses cuisses et la souleva en l'air. — Noté, considère-toi avertie, dit-il d'une voix rauque.

— Avertie de quoi...

Alisa poussa un cri de surprise lorsqu'il l'assit sur son visage. Puis elle hurla quand sa langue écarta ses replis et se précipita entre eux. Elle aurait bondi loin de lui face à cette intrusion inattendue s'il ne l'avait pas maintenue. Il grogna et ronronna dans son sexe, sa gorge cliquetant sauvagement à la figure gémissante et se tortillant au-dessus de lui. *Tu me fais perdre mon contrôle. Je me sens sauvage au goût de toi, Alisa. Vois comme tu me pousses à ma limite ?*

Alisa répondit avec le peu de Rulsox qu'elle connaissait. *Et tu me fais perdre la raison, mari.* Il fredonna au son de sa langue maternelle. Avec une audace qu'elle n'avait qu'avec lui, Alisa exigea : — Donne-moi ce dont j'ai besoin.

Ses narines se dilatèrent et ses yeux brûlèrent intensément en la regardant. — *Oui,* siffla-t-il.

Tojait la souleva et l'empala sur son sexe d'un mouvement rapide. Le corps d'Alisa l'avala tout entier, et elle gémit et se serra autour de lui. — Oui ! cria-t-elle.

Il la prit à un rythme qui ne souffrait aucune contestation, tenant à la fois sa promesse et affirmant son droit. Elle était sienne, et en tant que sa compagne, prendrait tout de lui.

— Ma femelle. Mon humaine, grogna-t-il.

— À toi ! gémit-elle en réponse. Au son de son acceptation, Tojait la maintint en place par les fesses et jouit avec un grognement féroce. Son orgasme suivit le sien.

Chapitre Huit

Alisa s'effondra sur la poitrine de Tojait, haletante et sans force. Il caressa son dos tandis qu'elle reprenait son souffle. — Ça va mieux ? demanda-t-il.

— Oui, merci.

Il émit un bourdonnement, sa poitrine vibrant d'un plaisir satisfait.

— Pas besoin de me remercier. Repose-toi. Nous avons quelques minutes avant que la chaleur ne revienne.

— Elle revient ? demanda Alisa.

— Oui. C'était le niveau un. Il reste encore dix niveaux à traverser.

— Dix ? répéta-t-elle faiblement.

— Chacun devient progressivement plus long et plus intense. D'un long bras, il attrapa la gourde et la rapprocha. — Hydrate-toi. Dès que le nœud se relâchera, je t'apporterai à manger. Tu dois garder tes forces.

Une pensée troublante traversa l'esprit d'Alisa. — Tojait, tu as dit que cette chaleur survient tous les trois ans ?

— Tous les trois cycles de jarros, ce qui équivaut à cinq virgule sept années solaires, expliqua-t-il.

Alisa fit un rapide calcul mental. — Alors c'est ma deuxième chaleur ?

La main qui caressait son dos s'arrêta. — Oui. Le ton était prudent.

— Avons-nous des enfants ? Immédiatement après avoir posé la question, elle retint sa respiration.

Tojait resta silencieux un long moment. — Lors de ton premier cycle de chaleur, le moment n'était pas propice. Nous avions décidé de reporter la conception. J'espérais...

Elle releva la tête. — Espérais quoi ?

— Que ce cycle, nous pourrions commencer notre famille. C'est pourquoi j'ai demandé au capitaine que nous menions cette recherche

47

seuls. Son regard sérieux mais plein d'espoir rencontra le sien. — J'aurais dû en discuter avec toi.

— Nous en discutons maintenant. Comment la grossesse affecterait-elle mon travail ? Serais-je toujours officier de navigation, ou devrais-je démissionner ? Et après la naissance du bébé ? Bien qu'ils fassent partie de la branche d'exploration, la Flotte Stellaire restait, à la base, une opération militaire.

— Nous aurions besoin de quartiers plus grands pour accueillir notre famille. Aussi, nous pourrions demander qu'on nous assigne un gardien d'enfants à demeure. Cela nous libérerait tous les deux pour nos fonctions, sur la planète comme ailleurs, dit-il, t'observant toujours attentivement pour détecter ta réaction.

À demeure ? Comme une nounou ? Alisa pensa à quel point son mari était séduisant et sa réaction instinctive fut : *Certainement pas* ! Toutes les histoires hollywoodiennes de nounous séduisant les maris des stars lui traversèrent l'esprit. Elle détesterait devoir régler son compte à quelqu'un.

Les épaules de Tojait tressautèrent. Alisa le regarda et réalisa qu'il riait d'elle. Ses yeux pétillaient de joie. — Nous pouvons demander un gardien masculin, heureux en ménage et ayant lui-même des enfants.

— Tu as lu dans mes pensées ? dit-elle, les yeux plissés.

En guise de réponse, Tojait fléchit les hanches là où ils étaient encore joints. — Télépathie tactile, lui rappela-t-il. Ta possessivité me plaît.

— Souviens-t'en quand tu choisiras des gardiens d'enfants. Je ne veux pas finir au cachot. À l'intérieur, elle pouvait sentir la chaleur de l'excitation s'éveiller, mais ne voulait pas y céder. — Raconte-moi comment nous nous sommes rencontrés.

Les deux sourcils de Tojait se haussèrent devant ce brusque changement de sujet. — Quand j'ai parcouru ton dossier pour la première fois, je t'ai trouvée impressionnante. Pas comme femme, ni comme humaine, mais comme une égale intellectuelle. Tes journaux et tes plans témoignaient d'un esprit curieux, avide d'exploration. J'ai demandé au capitaine que tu sois immédiatement affectée à l'équipage. Ce n'est qu'en te voyant sur le pont pour la première fois que j'ai compris ce que j'avais gagné de plus.

Ses yeux exprimaient une richesse d'émotions que le reste de son visage refusait de montrer. — Tu étais... éblouissante. Encore aujourd'hui, le capitaine et le médecin-chef trouvent amusant que lorsque tu es arrivée sur le pont, je ne pouvais me souvenir d'aucun ordre donné juste avant ou après que tu aies pris ton poste.

Alisa renifla avant d'éclater de rire. Quelle mémoire eidétique. Clairement, sa vue lui avait fait perdre ses moyens. Le Tojait calme et posé était resté sans voix. — Donc tu dis que tu étais ensorcelé ?

Tojait détourna le regard et inclina la tête d'un air pensif. — Dire que j'étais enchanté est la meilleure description. Cependant, cela ne capture pas pleinement les sentiments que j'ai éprouvés à ce moment. Tiens... je peux te montrer.

Il frotta doucement ses pouces sur ses joues en encadrant son visage entre ses mains. Alisa sentit son visage s'échauffer tandis que ses souvenirs se déversaient en elle...

Tojait avait discrètement anticipé son arrivée. La porte du pont s'ouvrit en glissant, et il se tourna pour la voir entrer. Il se figea sur place.

Aussi rapide qu'un claquement d'interrupteur, quelque chose changea en lui. *Elle*, pensa-t-il quand elle sortit de l'ascenseur. Il la voulait, *elle*. Tandis qu'elle s'approchait de son poste, son esprit lui fournit les détails de son dossier. Son âge, sa taille, et sa spécialisation dans les opérations. Malgré tout ce qu'il avait appris, Tojait découvrit qu'il y avait tellement plus qu'il souhaitait connaître. Il voulait savoir ce qui lui plaisait, sa personnalité, son comportement. Il voulait connaître tous ces petits détails personnels dont il se souciait rarement quand il s'agissait des autres. Mais cette femme, cette femme extraordinaire, il voulait la connaître.

La vague d'émotions qu'il avait ressenties la submergea. Un choc vertigineux qui lui retournait l'estomac. Comme un cerf pris dans les phares, Alisa l'avait frappé en plein cœur. Entre une respiration et la suivante, le souvenir de leur première rencontre s'estompa...

Alisa se reconcentra sur Tojait alors qu'il abaissait ses mains sur ses épaules.

— Beaucoup ont essayé mais aucun n'a réussi à gagner ton affection romantique. Le fait que tu semblais ignorer leur admiration me réconfortait. Cela me donnait l'espoir que peut-être tu accepterais ma cour. Chaque fois que j'avais du temps libre, je me tournais invariablement vers les activités auxquelles tu participais. Que tu sembles accepter ma compagnie n'a fait que renforcer mon engouement pour toi. Finalement, notre temps passé ensemble est devenu quelque chose de plus. Quelque chose que, quand notre capitaine m'a questionné, je ne pouvais ni ne voulais nier, dit Tojait, plongeant son regard dans le sien. — Tu es tout ce que je désire chez une compagne. Je veux ton bonheur. Je veux que nous nous connaissions et que nous ayons confiance dans notre unité. Bien que ton souvenir de nous ait été endommagé, je suis reconnaissant que tu te sentes toujours aussi attirée par moi que je le suis par toi.

— Attirée ?

— Mon âme réside toujours en toi et la tienne en moi. Sans notre âme partagée, tu n'entrerais pas en chaleur. Tu ne pourrais pas entendre mes pensées ni me sentir. Pour souligner ses propos, Tojait lui prit le menton et captura ses lèvres dans un baiser qui était bien plus qu'un effleurement. Dès que sa bouche toucha la sienne, Alisa sentit tout son amour – étranger, profond et possessif – déborder et se déverser en elle.

Alisa gémit et frissonna dans ses bras. La même chaleur qui l'avait envahie plus tôt chatouillait son centre où il était enfoui. La sensation était plus riche, plus intense alors que l'amour qu'ils partageaient lui donnait du poids.

— Wow, murmura-t-elle doucement. Sa poitrine semblait sur le point d'exploser. Elle savait que son regard émerveillé reflétait le sien. Elle n'avait jamais cru au coup de foudre, mais clairement le pauvre alien en avait été victime. Heureusement qu'elle était aussi tombée amoureuse de lui.

Tojait la souleva et laissa son membre dénoué glisser hors de son canal. C'est alors que l'intimité prit une autre tournure surnaturelle. Bien que physiquement retiré de son corps, Tojait semblait toujours logé profondément en elle et dans tout son être. La douleur dans sa poitrine qu'elle ressentait parfois quand elle se sentait seule était remplacée par un sentiment de connexion totale.

Alisa se blottit plus près et savoura la sensation de ses bras qui l'enveloppaient plus étroitement. C'était ça, le sentiment d'appartenance. C'était un moment qu'elle savait qu'elle n'oublierait jamais. Ce n'était pas la première fois qu'elle se demandait si elle avait été attirée par lui parce qu'il était l'homme qui lui était destiné. Qui aurait cru que les étoiles qu'elle avait étudiées et scrutées abritaient son véritable âme sœur.

Une vague chaleureuse d'affection lui retourna l'estomac lorsque Tojait l'embrassa sur l'oreille. — Moi aussi, je regardais vers les étoiles. Peut-être savions-nous que nous étions destinés l'un à l'autre.

Un baiser en entraîna un autre, chacun plus profond que le précédent. — Je veux te toucher, dit-elle.

Tojait se figea. — Oui, laisse-moi sentir tes mains sur moi.

La faim dans sa voix et son expression lui fit réaliser que, tandis qu'elle avait bénéficié de son expertise sensuelle, elle n'avait pas rendu la pareille. Quelle égoïste elle faisait. Alisa explora amoureusement chaque centimètre de son corps, apprenant ce qui lui plaisait. Son corps était si différent du sien.

— Cela te fait peur ? demanda-t-il.

— Non, ça me fascine, admit-elle, caressant un endroit particulièrement sensible.

Sa réaction fut immédiate. Il était plus vocal, son visage plus expressif qu'elle n'aurait jamais pu l'imaginer en regardant simplement la série télévisée. Savoir qu'elle pouvait avoir cet effet sur lui propulsa son excitation dans la stratosphère. Ou peut-être était-ce la chaleur ?

— Mon amour, haleta Tojait, as-tu terminé ton exploration ?

— Pourquoi ? demanda-t-elle, le nez enfoui dans une partie de son corps d'où émanait fortement son odeur.

— J'éprouve le besoin d'enfoncer ma verge dans ton intimité et d'imprégner ton sexe de ma semence. En effet, si tu continues encore longtemps, je crains de ne plus pouvoir me contrôler, dit-il.

Elle leva les yeux. Ses yeux brillaient presque de désir. Les rayures se détachaient sur son visage, et les poils fins sur son corps ondulaient. Alisa lui adressa un sourire malicieux. — C'est censé être une menace ? Je sais que tu ne me feras pas de mal. Je veux te voir perdre ce fameux contrôle.

Un grognement féroce s'échappa de lui. Le monde bascula et Alisa se retrouva à plat ventre, les fesses en l'air sur le lit. En riant, elle dit : — Je crois que c'est ta position préférée.

— C'est optimal pour la reproduction. La pénétration est plus profonde et le sperme est déposé plus près de ton ouverture cervicale. Il positionna ses hanches avec ses mains. — Permets-moi de te montrer.

Alisa le sentit à son entrée une seconde avant qu'il ne s'enfonce profondément. Elle gémit et pendant l'heure qui suivit, aucun mot ne fut prononcé.

Il la guida à travers les niveaux, chacun plus éprouvant que le précédent. Chaque orgasme apportait une vague de soulagement, mais dès que Tojait se retirait, la chaleur revenait rugissante. C'était comme une dépendance. Il ne pouvait jamais y en avoir assez, assez de lui. Chaque toucher à la fois apaisait et, paradoxalement, intensifiait la folie maniaque qu'elle sentait ramper sous sa peau.

Tojait était là pour elle à chaque fois, soutenant son corps contre le sien tandis qu'il se guidait à l'intérieur. Alisa se tordait à chaque poussée, se sentant plus vulnérable et exposée que jamais auparavant. La connexion de leurs âmes lui donnait la sécurité dont elle avait besoin pour s'ouvrir.

Il était son compagnon, son foyer, son refuge, et ils ne faisaient qu'un. Ce qui n'était auparavant que pour le plaisir avait maintenant pris un air sacré. L'amour qu'ils partageaient se manifesterait sous la forme d'un enfant – leur bébé.

À la fin de son rut, Alisa était allongée sur le côté, épuisée et à peine consciente. Tojait tenait son corps las contre lui et lui caressait le cou du nez. Sa paume couvrait son ventre plat dans un geste universel de fierté protectrice masculine. Avec un baiser ensommeillé, Alisa plaça une main sur la sienne dans l'espoir silencieux que sa semence prenne racine.

Chapitre Neuf

Tojait jeta un coup d'œil à la position des soleils puis à l'instrument qu'il tenait en main. — Notre temps ici touche à sa fin. Nous devons réparer la navette pour qu'elle soit prête à partir.

Ses mots étaient plus vrais qu'il ne le pensait. Avec les trois soleils de la planète, il était difficile pour Alisa de garder la notion du temps. Au moins un soleil brillait toujours dans le ciel. Ils travaillaient quand un ou deux étaient visibles, et cherchaient à s'abriter de la chaleur dans leur tente quand le troisième se levait. Combien de temps s'était écoulé dans le monde réel ? Deux jours ? Trois ? Son week-end était-il terminé ?

Après un bref retour au camp de base, Tojait conduisit une Alisa réticente vers le système de grottes. Elle détestait cette maudite caverne. Elle représentait le monde réel, un monde où Tojait n'existait pas. Au fond d'elle-même, Alisa savait qu'à la minute où elle y mettrait les pieds, son fantasme prendrait fin. Elle s'arrêta à l'entrée et refusa d'avancer malgré ses encouragements. Elle fixait l'obscurité implacable comme si c'était une bête prête à la dévorer.

— Alisa. Regarde-moi.

Alisa détacha son regard de la grotte et leva les yeux vers son visage. Son expression était neutre mais ses yeux trahissaient une multitude d'émotions. — Tu n'as pas à avoir peur. Je suis avec toi cette fois. Je ne laisserai rien te faire du mal.

Alisa prit son visage en coupe, le cœur rempli d'affection pour cet homme extraordinaire. — Tojait, je sais que tu me protégerais jusqu'à ton dernier souffle. Elle fit un signe de tête vers la grotte. — J'ai mes raisons de ne pas vouloir y retourner. As-tu vraiment besoin que je vienne avec toi ? Ne puis-je pas simplement attendre ici ? Je te promets que je ne bougerai pas de cet endroit, et j'appellerai à la minute où il y aura un problème.

Il étudia son visage pendant une longue minute. — Je pensais que c'était la peur d'être à nouveau blessée qui te faisait hésiter, mais ce n'est pas ça. Il y a une autre raison.

Quand elle réalisa qu'il essayait de lire en elle, Alisa retira brusquement sa main de son visage, rompant le contact. — Fais-moi confiance sur ce point. Aucun de nous ne veut que j'entre dans cette grotte.

Après quelques secondes de pause, Tojait dit : — Je te ferai confiance, comme tu me le demandes, et quand je reviendrai, tu me feras assez confiance pour me dire pourquoi tu crains tant cette grotte.

Elle acquiesça. Alisa dirait la vérité à Tojait, sachant qu'il ne la croirait pas. Il penserait que c'était une manifestation de l'« amnésie » dont elle souffrait. Alisa trouva un rocher près de l'ouverture et s'assit. — Je resterai juste ici.

— Garde ton phaseur prêt et réglé sur paralysie. Je reviendrai bientôt. Tout ce qu'il faut, c'est remplacer le capteur, dit-il, sa réticence à la laisser seule très visible.

Alisa sortit son phaseur de son étui, le régla sur paralysie et posa l'arme sur ses genoux. En raison des égratignures qu'elle avait subies lors de sa dernière visite, Tojait lui avait donné l'uniforme plus standard de la flotte stellaire – la combinaison moulante. Le matériau léger offrait une meilleure protection contre les soleils. Comme il s'attardait, elle fit un geste de la main pour le chasser. — Arrête de t'inquiéter et vas-y. Je serai bien. Appelle si tu as besoin d'aide et fais attention aux éboulements.

— Avec ce grade de roche ignée, les chances d'un effondrement sont quasi nulles.

Elle leva mentalement les yeux au ciel et il partit enfin, entrant dans la grotte pour effectuer les réparations. En quelques secondes, Tojait fut complètement avalé par l'obscurité.

Alisa réfléchit à sa vie avant L'Île Fantaisie. Elle avait voulu de l'excitation et aspirait à la romance. Maintenant, elle avait les deux, pour le temps que ça durerait. Peut-être devait-elle faire des changements dans sa vie. Sortir de sa coquille. Chercher l'amour. Bien que personne ne puisse se comparer à Tojait, cela ne signifiait pas qu'elle devait rester seule.

Une forte détonation ébranla la grotte, et un nuage de poussière et de fumée en jaillit. Alisa se leva d'un bond, criant le nom de Tojait. Se souvenant de son communicateur au dernier instant, elle tapota son oreille. — Tojait, tu m'entends ? Tojait, réponds ?

Pas de réponse.

— Tojait, réponds ! cria-t-elle. Elle resta à l'entrée de la grotte, scrutant anxieusement l'intérieur.

— Tojait, s'il te plaît, dis quelque chose. Dis-moi que tu vas bien, supplia-t-elle.

Rien. Il n'y avait pas d'autre solution. Elle ne pouvait pas rester là comme une lâche alors que Tojait était peut-être blessé. Alisa devait y aller.

Se précipitant vers le rocher, elle s'empara de la lampe frontale supplémentaire et la mit. Après avoir réglé la lumière à sa plus forte intensité, elle passa sur une épaule la trousse médicale d'urgence qu'ils transportaient toujours avec eux. Un sentiment d'urgence rendait ses mouvements frénétiques. *Vite, vite, vite, vite.*

Ne s'arrêtant que le temps de prendre une profonde inspiration, Alisa s'élança à l'intérieur. La lampe frontale éclairait la grotte comme en plein jour, traversant la fumée et la poussière comme un laser. Se sentant plus confiante, elle accéléra le pas, appelant Tojait sans cesse. À environ six mètres, il y avait un virage sans visibilité. Elle sprinta autour du coin et se retrouva dans la lumière éclatante du soleil d'un jour sur une île du Pacifique. Le sol terreux et les parois rocheuses se transformèrent en herbe verte et brises insulaires.

— Nooooon ! gémit-elle, tombant à genoux. Alisa frappa le sol de son poing. — Non, non, non !

Elle resta là, les yeux fermés, les épaules affaissées et la tête courbée, tandis qu'au fond d'elle une fureur grandissait. Une fureur comme elle n'en avait jamais connue auparavant.

— Mademoiselle Davis, allez-vous bien ? Êtes-vous tombée et vous êtes-vous blessée ? demanda une voix cultivée avec un accent britannique.

Est-ce que je vais bien ? répéta-t-elle mentalement. Lentement, Alisa tendit la main et retira la lampe frontale, la laissant tomber au sol. Ouvrant les yeux, elle se concentra sur le pantalon blanc de l'homme debout à côté d'elle alors qu'elle se relevait. Son regard remonta le long de son corps pour croiser son expression préoccupée. Leur hôte, M. Black, Back, non, M. Blanc, se tenait à côté d'elle.

D'une voix tremblante, elle dit : — Non, je ne vais pas bien. En fait, ces trois derniers jours ont été les pires de ma vie. D'abord, vous m'envoyez dans une grotte sombre et profonde avec une minuscule petite lampe de poche – *SEULE* – alors que je suis claustrophobe et que j'ai peur du noir. Deuxièmement, j'ai demandé à aller dans l'espace et à travailler sur un vaisseau spatial. Au lieu de l'espace, j'ai eu une planète avec trois soleils et des températures si chaudes qu'elles pourraient brûler la chair de vos os en trois secondes. La *seule* chose que vous avez réussie, c'est le héros, un homme si parfait que je n'ai pas pu m'empêcher de tomber amoureuse de lui, et vous avez même réussi à tout gâcher à la fin. Elle s'étrangla avec un sanglot. — Vous m'avez éloignée de Tojait. Je ne sais pas s'il est mort ou vivant, *et ne me dites pas qu'il n'était pas réel*, lança-t-elle quand il ouvrit la bouche. — J'aimerais n'être jamais venue dans cet endroit ou n'avoir jamais entendu parler de L'Île Fantaisie.

La main sur sa bouche pour étouffer les sanglots qu'elle ne pouvait plus retenir, Alisa se retourna et courut en direction du bungalow qui lui avait été attribué à son arrivée. Elle ignora les regards des personnes qu'elle croisait, indifférente au fait qu'elle se ridiculisait. Une fois dans sa chambre, Alisa se jeta sur le lit et pleura pour tout ce qu'elle avait perdu et pour l'homme qui ne serait jamais plus qu'un fantasme.

Alisa était allongée sur le matelas, fixant le plafond. Sa tête lui faisait mal, et son nez et ses yeux étaient gonflés et douloureux après sa crise de larmes. Elle avait besoin de bouger mais manquait d'énergie. Émotionnellement, elle se fichait simplement de tout.

Ses pensées tournaient en boucle, se souvenant de son temps avec Tojait. Elle rejouait chaque seconde, revivait chaque moment, et chérissait chaque mot prononcé. L'explosion à la fin la hantait. Tojait était-il vivant ? Avait-il été blessé ? Ou avait-il été tué ?

La logique dictait qu'il n'était pas réel, donc peu importait ce qui s'était passé. Son cœur savait différemment. Bien que ce ne fût qu'un fantasme, Alisa se sentirait mieux en sachant que Tojait continuait à vivre sur un plan d'existence quelconque, même si elle ne pouvait pas être avec lui.

Le téléphone à côté de son lit sonna. Probablement le personnel appelant pour l'informer que l'avion était arrivé. S'essuyant le nez avec sa manche, elle tendit la main et répondit. — Allô ?

— Mademoiselle Davis, c'est M. Blanc. Pourriez-vous venir à la résidence principale ? demanda-t-il de sa voix légèrement accentuée.

— J'y serai dans quelques minutes.

— Je vous attendrai dans le bureau, dit-il avant de raccrocher.

Alisa reposa le combiné et alla dans la salle de bain pour se rafraîchir. Comme prévu, son visage et ses cheveux étaient en désordre. Elle se lava le visage et attacha ses tresses en queue de cheval. Regardant son uniforme dans le miroir, elle pensa brièvement à changer de vêtements mais y renonça. Elle garderait son lien avec Tojait aussi longtemps que possible.

Comme elle n'avait jamais défait ses bagages, toutes ses affaires étaient encore situées juste à l'intérieur de la porte où le personnel de l'île les avait placées. Alisa prit son sac à main, sa trousse de toilette et sa petite valise et quitta le bungalow. En marchant, elle savait qu'elle devait des excuses à M. Blanc. Elle s'était emportée contre lui, et ce n'était pas sa faute.

Cinq minutes plus tard, elle posa ses bagages et frappa à la porte fermée du bureau.

— Entrez.

Alisa ouvrit la porte et entra. M. Blanc était assis derrière un grand bureau en bois. Il se leva quand elle entra. — Mademoiselle Davis. Merci de vous joindre à moi. Prenez place.

Elle tordit ses mains. — D'abord, j'aimerais m'excuser de m'être emportée contre vous. C'était non professionnel et totalement injustifié. Ma seule excuse est que j'étais très émotive à ce moment-là.

— Merci, mais vos excuses ne sont pas nécessaires. S'il vous plaît, asseyez-vous. Il fit un geste de la main vers la chaise.

Elle prit le fauteuil indiqué devant le bureau. Dès qu'elle fut assise, M. Blanc s'assit également. — Ici, à L'Île Fantaisie, nous sommes fiers de la satisfaction de nos clients et de leur donner exactement ce qu'ils ont demandé. J'ai examiné votre dossier. Bien que le fantasme que nous vous avons donné comportait certains des éléments demandés, il ne répondait pas aux exigences fondamentales. Cette négligence de notre part est des plus graves.

Il posa ses coudes sur le bureau et joignit ses mains devant ses lèvres. — Nous avons quelques options ici. Nous pouvons vous rembourser ou... Il tapota ses doigts ensemble en l'étudiant.

— Ou ? l'encouragea-t-elle quand rien d'autre ne suivit.

— Nous pouvons vous donner le fantasme que vous avez demandé – vous envoyer dans l'espace pour travailler sur un vaisseau spatial. La seconde option comporte certains... risques que vous pourriez ne pas être prête à accepter, dit-il, son expression grave.

— Quels genres de risques ? demanda-t-elle.

— Pour parler franchement, nous pourrions ne pas être en mesure de vous ramener. Son regard perçant plongea dans le sien. — Vous seriez coincée dans le fantasme. La vie, ici, telle que vous la connaissez, cesserait d'exister. Vous deviendriez le personnage de votre fantasme.

Alisa fronça les sourcils, essayant de comprendre ce qu'il voulait dire. — Vous dites que je pourrais y retourner. Je pourrais être avec Tojait, cette fois sur le vaisseau spatial, mais si je le fais, ce pourrait être pour toujours ?

— C'est exactement ce que je dis, oui, confirma M. Blanc.

Chapitre Dix

L'esprit d'Alisa aurait dû tournoyer face aux implications, mais au contraire, son processus de réflexion restait d'une clarté cristalline. — Mais je resterais moi-même, n'est-ce pas ? Je veux dire, mes souvenirs et ma personnalité de base ne changeraient pas, exact ? Ce serait comme tout à l'heure, sauf que Tojait, la planète, mon poste sur le vaisseau spatial, tout cela serait réel ?

Il réfléchit un moment avant de répondre. — Oui et non. Au début, vous conserveriez les souvenirs de votre vie avant L'Île Fantaisie. Cependant, plus vous resteriez dans la fantaisie, moins ce monde-ci vous paraîtrait réel et plus la fantaisie le deviendrait. Finalement, vous oublieriez tout d'ici et deviendriez Alisa Davis, officier de navigation de la Flotte Stellaire, affectée au vaisseau spatial Explorateur Galactique, unie à l'officier scientifique Tojait Ameek Buuois 'Jall, qui est le second du vaisseau spatial.

— Je le ferai, dit-elle.

— Réfléchissez bien, Mademoiselle Davis. Vous pourriez potentiellement renoncer à votre famille, votre emploi et votre foyer. Une fois que vous aurez fait cela, il n'y a aucune garantie que je puisse vous ramener, dit-il.

Il n'y avait rien à considérer. Tout au long de l'histoire, des femmes avaient tout abandonné pour être avec les hommes qu'elles aimaient. Elle serait simplement une de plus dans une longue lignée. Les avantages l'emportaient sur les risques. — Tant que je peux être avec Tojait, c'est tout ce qui compte. Si j'écris une lettre, pourriez-vous l'envoyer à ma famille pour qu'ils ne s'inquiètent pas pour moi ?

— Je la posterai personnellement. Il y a quelques formulaires supplémentaires que vous devrez signer. Des questions de responsabilité. Je suis sûr que vous comprenez, dit-il.

Avec un sourire ironique, elle répondit : — Oui, je comprends.

Il lui donna les papiers. Alisa les parcourut rapidement puis signa son nom au bas de chacun d'eux. En les lui rendant, elle demanda : — Auriez-vous un bloc-notes et un stylo que je pourrais emprunter ?

M. Blanc lui donna les objets demandés. — Je vais vous laisser seule pour composer vos pensées. Je dois escorter les invités jusqu'à l'avion. Quand je reviendrai, si vous êtes prête, votre fantaisie reprendra.

— Merci, dit-elle, réconfortée par son utilisation du mot « reprendra ». Cela signifiait qu'ils ne créeraient pas une nouvelle fantaisie pour elle. Une où Tojait ne serait peut-être pas le même homme dont elle était tombée amoureuse.

M. Blanc quitta le bureau et elle s'attela à écrire ses adieux. Il était peu probable que sa famille comprenne, mais Alisa devait suivre son cœur. Un homme comme Tojait ne se présentait qu'une fois dans une vie, si une femme avait de la chance. L'Île Fantaisie offrait à Alisa son homme de rêve — son compagnon parfait — sur un plateau d'argent. Elle serait folle de refuser.

Sortant son téléphone, elle envoya un e-mail à son patron pour démissionner et un autre à son propriétaire pour l'informer qu'elle résiliait son bail. Elle informa le gérant que quelqu'un de sa famille viendrait emballer ses affaires.

Après mûre réflexion, sa lettre d'adieu à sa famille se résumait à quelques mots simples :

J'ai trouvé l'homme et le travail de mes rêves. Une opportunité s'est présentée d'avoir les deux et j'ai sauté sur l'occasion. Je vous aime, et je resterai en contact, si je le peux. Ne vous inquiétez pas pour moi. Je suis plus heureuse que je ne l'ai jamais été de ma vie.

Avec amour, Alisa

P.S. Vous pouvez prendre toutes mes affaires. Là où je vais, je n'en aurai pas besoin. J'ai déjà contacté mon propriétaire et lui ai dit de vous attendre. J'ai joint les clés de ma voiture et de mon appartement.

Il y avait quelques autres personnes à qui elle voulait envoyer des adieux individuels, principalement des collègues de travail, et elle passa quelques minutes à leur envoyer des e-mails. Elle n'avait pas beaucoup d'amis personnels. Personne, à part quelques membres de sa famille, ne la regretterait. Son travail était très compétitif. Avant la fin du mois, ils auraient trouvé quelqu'un pour la remplacer.

La porte s'ouvrit. — Mademoiselle Davis, êtes-vous prête ?

Elle se leva. — Oui, je le suis. Pourriez-vous poster ceci pour moi ? Alisa indiqua la lettre et ses clés. — J'ai écrit l'adresse à l'extérieur du papier.

— Je vous le promets. Maintenant, suivez-moi. Vous n'aurez pas besoin de vos bagages, dit-il quand elle tendit la main vers ses affaires. Il la conduisit vers l'une des nombreuses voiturettes de golf sur l'île. Ils montèrent à bord et il démarra.

Moins de dix minutes plus tard, ils s'arrêtèrent devant une grotte familière. — Dernière chance. Êtes-vous absolument sûre ? demanda M. Blanc.

— Oui, je le suis. En fait, ne vous inquiétez pas de me récupérer. Je préférerais rester dans la fantaisie, dit-elle. La dernière chose qu'Alisa voulait était l'incertitude de ne pas savoir si et quand son temps avec Tojait prendrait fin.

— Très bien. Comme vous le souhaitez. M. Blanc lui tendit la lampe frontale et le sac médical. — Vous aurez besoin de ceci.

Elle mit la lampe frontale et passa le sac médical en bandoulière avant de descendre. — Avant que je parte, une petite question ?

— Bien sûr.

— Comment puis-je voir si bien sans mes lunettes ? demanda-t-elle.

Il sourit. — C'est L'Île Fantaisie. Allez-y. Votre héros vous attend.

Lui rendant un large sourire, Alisa dit : — Merci pour tout. Elle se tourna vers l'entrée de la grotte, leva la main pour allumer la lampe frontale, et se redressa. Puis, après avoir pris une profonde respiration, elle courut à l'intérieur. — Tojait ! Réponds-moi. Où es-tu ?

Elle entendit tousser et se déplaça dans cette direction. — Tojait ?

Sa silhouette ombrée se matérialisa lentement dans l'obscurité tourbillonnante de poussière. Alisa réorienta la lumière pour qu'elle continue d'éclairer l'intérieur sans l'aveugler avant de se précipiter pour l'étreindre. — Que s'est-il passé ? Ça va ? J'étais si inquiète.

Il se pencha en avant et toussa encore un peu avant de se redresser.

— Éboulement.

— Un éboulement ? répéta-t-elle d'un air incrédule. — Je croyais que tu avais dit que ces roches ne pouvaient pas s'effondrer ?

— Il semble que je me sois trompé, dit-il gravement.

Elle le regarda avec stupéfaction avant d'éclater de rire. Après un moment, il sourit et la serra dans une étreinte.

— Je suis si contente que tu ailles bien. J'étais tellement inquiète quand j'ai entendu l'explosion, dit-elle.

— La navette est détruite. Nous devrons contacter le vaisseau pour être secourus. Sortons d'ici. Lorsqu'ils se tinrent à nouveau à l'extérieur de la grotte, Tojait lui lança un regard d'admiration. — Tu as vaincu ta peur pour moi.

— Je ne pouvais pas laisser une petite chose comme la peur m'arrêter si tu étais blessé, avoua-t-elle.

Tojait ferma les yeux dans un clignement lent, son expression grave.

— Moi aussi, je risquerais n'importe quoi pour te garder avec moi, Alisa. Tout.

— Oui, je commence à m'en rendre compte. Alisa l'embrassa à nouveau, s'attardant cette fois pour laisser Tojait sentir ses émotions. Elle se sentait en sécurité, aimée, et surtout chérie. Son estomac faisait un tour joyeux chaque fois qu'il la regardait et quand ils se touchaient. Il était tout ce qu'elle voulait, et maintenant elle l'avait.

— Nous nous avons l'un l'autre, corrigea-t-il.

Tojait tapota son communicateur. — Capitaine, nous avons un problème.

Alisa écouta pendant qu'il expliquait et prenait des dispositions pour leur récupération. Pour être honnête, elle passa plus de temps à contempler Tojait qu'à écouter sa conversation. Cet homme merveilleux était le sien, pour toujours et à jamais. C'était à en perdre la tête.

Il raccrocha et la regarda. — Préparons nos affaires. Le troisième soleil se lèvera bientôt. Le capitaine va utiliser le rayon du téléporteur pour nous ramener au vaisseau. Sinon, nous devrons passer encore huit heures sur la planète.

Alisa écarquilla les yeux. — Le rayon du téléporteur ? Vraiment ?

Il arqua un sourcil. — Est-ce un problème ? Préférerais-tu qu'ils envoient une navette ?

— Non, le téléporteur est génial. Dépêchons-nous. Retournons au camp de base pour être prêts, dit-elle en tirant sur son bras.

Moins d'une heure plus tard, ils se tenaient à côté de leurs bagages emballés. Alisa se tourna vers son compagnon, son excitation palpable. — Je peux le faire ? Je peux le dire ?

Tojait lui lança un regard étrange, mais acquiesça.

Alisa Davis, fan de Star Trek et amoureuse de tout ce qui était lié à l'espace, tapota son communicateur et prononça les mots qu'elle avait attendu toute une vie de dire. — Téléportez-nous !

À propos des auteures

Zena Wynn est une auteure aux multiples publications de romance érotique et sensuelle dans divers sous-genres : interraciale, contemporaine, paranormale, science-fiction/fantasy et inspirante. Elle écrit le type d'histoires qu'elle aime lire - des récits avec des personnages remarquables qui, grâce à l'amour et à la détermination, surmontent tous les défis qui se présentent à eux. Ses héros et héroïnes sont passionnément et tendrement dévoués l'un à l'autre. Zena souhaite que ses personnages restent dans l'esprit des lecteurs bien après « La Fin ».

Pour en savoir plus sur Zena Wynn, visitez son site web : https://www.zenawynn.com/francais

*****

Kioni Hall est une grande fan de science-fiction/fantasy et une lectrice passionnée devenue écrivaine. C'est son premier livre. Kioni écrit ce qu'elle espère voir davantage - des personnes de couleur, des extraterrestres et des êtres fantastiques qui surmontent les obstacles et les différences pour trouver leur véritable amour. Elle a un faible pour l'amour, alors une fin heureuse est garantie. Apprenez-en davantage sur elle à : https://kionihall.blogspot.com/

Livres de l'auteur

L'Île Fantaisie : Mya's Werewolf

L'Île Fantaisie : Cyn's Dragon

L'Île Fantaisie : Fantasy Man

L'Île Fantaisie : Moxie's Vampire

L'Île Fantaisie : Zero Regrets

Fantasy Island: Star Fantasy
by
Zena Wynn
&
Kioni Hall
© 2018

FANTASY ISLAND: STAR FANTASY

Alisa Davis, current NASA employee and unapologetic geek, loves all things space-related. She's explored countless galaxies through movies, books, and television shows. When she stumbles across a Fantasy Island ad, she knows it's the opportunity she's waited a lifetime to experience. For the first time in her life, she'll 'boldly go where no man has gone before,' just like the crew of her favorite television series. Because Fantasy Island specializes in romantic fantasies, she adds an extra request: marriage to her dream man. A man not intimidated by her brain or freaked out by her laugh. But what happens when Fantasy Island goofs her fantasy?

A Real Love Enterprises Publication

ISBN 978-0-9986472-6-5
ALL RIGHTS RESERVED.
Star Fantasy
Fantasy Island series book 5
Copyright © 2018 by Zena Wynn and Kioni Hall
Cover art: Shirley Burnett
Editor: Vivienne Williams
Proofreaders: Irene Davis and Wynita Duncan

Prologue--------

Dear Fantasy Island,

My name is Alisa Davis. I've been enthralled with space, the galaxy, and anything to do with the stars since early childhood when my father gave me a telescope for Christmas. An avid reader and movie watcher, I've seen every space television program—fictional or otherwise. My favorite is Star Trek, the series and movies, both old and new. Shy by nature, I've spent countless hours fantasizing what it would be like to be one of the crew members of the Starship Enterprise, Voyager, or to live on Deep Space Nine. Traveling into space, seeing distant galaxies, or visiting other planets—this is the substance of my dreams.

In my everyday life, I'm a scientist for NASA who calculates launch sequences and charts courses for rockets and probes. It's the closest I'll probably ever get to traveling into space. That's where you come in. I want to go into space and work on a starship that visits strange new planets.

Because you're in the business of granting romance fantasies, I'll add an extra element I'd never dare confess to anyone else. In my fantasy, I want to be married to the man of my dreams. I'd like my husband to be someone who loves me and accepts me as I am—geeky intelligence, personality quirks, and all. Someone who isn't intimidated by my brain or weirded out by my laugh.

To the outside world, I present the cool confidence of a highly intelligent woman who doesn't have time for foolishness or small talk. The truth is, I find casual conversation awkward, having never learned the hang of it. As you can imagine, this makes dating an extremely limited and unsatisfactory experience. The few men I've been involved with have been nerds like me.

This brings me to the third element of my fantasy. My husband should be a fantastic lover capable of overcoming my timidity and rocking my world. If you can give me this, the fantasy you create would truly be priceless.

Hope to hear from you soon,

Alisa

Chapter One

"You want me to go in there?" Alisa Davis eyed the small, dark opening.

"Yes, miss," her Fantasy Island guide said, his tone very reassuring.

"Carrying only this flashlight and wearing this?" she asked, needing clarification.

"This" was a Federation Officer's uniform, reminiscent of the ones worn by Lieutenant Uhura in the original Star Trek series. Only Fantasy Island had taken the liberty of shortening the sleeves and lowering the neckline until she thought her breasts would pop out. The V-necked collar dipped low and the miniskirt rode high, revealing a lot of brown skin. If she bent over or reached up for anything, Alisa was sure she'd be fined for indecent exposure.

She could hear her grandmother's voice, with the Carolina thick in her accent, scolding her from beyond the grave. "Alisa Mary Davis! What is that disgrace you're wearing? I ain't never."

Why hadn't they given her the one-piece, unisex, military-styled jumpsuit worn by most characters in modern space television show series and movies? The one that was form fitting but covered her from neck-to-feet.

"You only have to go a few steps inside," he said, waiting patiently for her to make up her mind.

Alisa took a few hesitant steps towards the dark cave. Should she tell him she was claustrophobic and small, dark spaces frightened her? The star-studded midnight of outer space was no issue because it was wide open. No one had said anything about pitch-black caves.

She glanced over her shoulder to find the man smiling encouragingly at her. "Just a few steps, you said?"

"That's all. Nothing to be concerned about," he said.

"Okay." Alisa nervously made her way into the cave, holding onto her flashlight for dear life. She counted off her steps. "One, two, three."

If a couple was two, then a few steps would be three. Alisa took one more in case her definition of a few differed from Fantasy Island's and turned to face the cave's entrance.

It was gone, vanished, disappeared.

She nervously licked at her lips and gave the surrounding cavern a troubled look. "Oh man, Houston, do we have a problem." Fear froze her feet to the stone floor. "Hello? Is anyone here?" Only her echoing voice answered. "That's just great."

No one would be coming to rescue her. Alisa had no choice but to continue walking and see where the path led. The bright beam of the flashlight bounced dizzyingly off the ceiling and walls as she forced herself forward.

Alisa and the outdoors had never mixed. It wasn't that she was prissy. As a scientist who was more comfortable in controlled, sterile environments, she didn't have the constitution for roughing it. Pull her out of her comfort zone and she immediately became the World's Biggest Klutz. In high school, she'd won the superlative, "Most Clumsy."

True to her nature, Alisa immediately tripped and stumbled into the stone wall. The sharp rocks tore a rip in the thin material of the costume, leaving a section of her stomach exposed, scraped, and bloody. "Ouch!"

The path branched off into three different directions. With a mental shrug and prayer that she'd made the right choice, she picked the middle one and continued walking. There were several more twists and turns. After about five minutes of unrelenting darkness, except for the beam of her flashlight, Alisa paused. Resting a hand against the wall, she tried to pretend she was in space, not a dark, scary cave.

The stars and the way they operated made for a lovely, mathematical dream. One she could observe from the comfort of her office window. Whether it was at her desk or in the optical telescope station, Alisa had been more than safe in the national space program.

The most she ever had to worry about was losing a multibillion-dollar probe inside of a black hole if she miscalculated the launch equation.

"You wanted adventure," she reminded herself. "You wanted to break out of your bubble and take a risk."

After cashing in on some of her patented designs, Alisa had decided it was time to step out of her metaphorical box. She'd written a scary but thrilling letter to Fantasy Island outlining her fantasy, but she hadn't thought one of the risks she would be taking involved getting lost in a cave on Earth! She had to find her way out of here and fast. She didn't want to end up being a skeleton extra for the next person's pirate fantasy.

Panic reared its head again as she calculated the statistical likelihood of that scenario becoming reality. Leave it to her to get lost the minute nature was introduced. Talking aloud in an effort to keep calm, she said, "Sixty-three percent if I turn around now and try to retrace my steps. A whopping ninety-seven percent if I press forward..."

Despite her best efforts, she glanced around with a growing sense of trepidation. In the dark, everything looked the same. Alisa shook her head, making her braids dance around her nearly bare shoulders.

"I am not getting stuck in this rock tomb. Turning around now." She pushed her glasses back in place. With one hand on the wall as a guide, Alisa hurried down the path, guessing which twists and turns she had taken earlier. "It was a left here, right? Err, so that means I turn right? Oh crap, I don't remember!"

To make matters worse, her echoing footsteps played tricks on her ears. She could have sworn she was alone, but the steps didn't match. Was there someone else in here? "Hello?"

"Alisa?" A deep voice boomed down the tunnel. She held her breath and heard the footsteps once again, growing louder by the second, coming in her direction. "Alisa, are you there?"

Relief flooded her. Oh, thank God. Fantasy Island had sent someone to help. She pulled at her ruined costume and started towards the voice. The heels of her boots clopped against the stone as she hurried forward. "Yes! Yes! I'm here. Help me, please!"

"Roger, wilco. I am on my way."

The concern in that masculine voice had her running faster. Someone had noticed she'd gotten lost. "Where are you?" In her haste, she paid no attention to her footing and tripped. "AH!"

She flailed wildly in an attempt to catch herself but accidentally whacked herself upside the head with the heavy flashlight. Her glasses flew off her face from the impact. Pain caused her to loosen her grip. The flashlight tumbled out of her hand and rolled a distance away. Alisa landed with a thud onto one knee, overbalanced, and fell forehead first on the hard ground. Stars filled her vision and left her with a horrible bout of vertigo.

"Ow..." Alisa moaned as she rolled onto her back. Ms. Clutz had struck again. What had she tripped on this time? The flashlight must have either flipped off when it landed, or the impact must have broken it because it was pitch black. Where were her glasses?

"Alisa? Alisa, answer me." The voice from earlier called to her, the tone even but urgent. It sounded farther away. Was her rescuer going in the wrong direction?

She spit dirt out of her mouth and tried to sit up, but winced when she placed weight on her wrist. This cave was going to be the death of her. She touched her face and her fingers came away wet. Oh, this was bad. Not only was she lost, but now everything hurt—her head, face, wrist, knee—and she still had that painful scrape on her stomach.

"I should have picked a different fantasy. Something nice and safe," she mumbled drowsily.

You should have stayed in the box, her inner voice taunted her. There are no risks outside of the box.

There are also no gains to be had when confined to one's comfort zone, a voice said inside of her head.

Hmm, that was strange. It sounded like the same man who'd been calling for her. Great, now she was hallucinating.

Whether from the bump on her head or running around the humid cave in the dark with no water, Alisa felt exhausted. Her lids grew heavier with every moment that passed. Probably shouldn't go to sleep, since she might have given herself a concussion, she reasoned.

I'll just close my eyes for a few seconds, she thought. With her eyes closed, the throbbing eased. "Oh, that's nice." A few minutes more wouldn't hurt, would it?

Just as Alisa started to lose consciousness, she was gathered up into a strong pair of uncomfortably hot arms. "Here you are. I've got you."

Chapter Two

It was the man she had heard earlier. She felt the deep tenor of his voice now as he carried her against his torso. Wow, he must have really good vision. She had no idea how he could see where he walked. Maybe he wore special glasses, the military kind that allowed you to see at night?

"Alisa," he crooned.

The warm sound of her name sent a surge of heat straight between her legs. As he adjusted his arms around her for a better grip, Alisa's body molded itself to fit all too comfortably against him. Wow, he was a giant of a man—tall and very well built. Alisa fought the urge to use her hands to discover just how buffed he actually was.

Despite the situation, she chuckled to herself. *I wish I hadn't lost my flashlight and my glasses. I want to see who all this delicious yumminess belongs to.*

She huddled closer, relishing the feeling of safety in his arms. As she did, a flash of pain burned across her temple. "Ooh," she groaned with her eyes closed. "I'm glad you found me when you did. I... hurt my head."

He moved one of the hands bracing her thighs and gently held her chin between his thumb and forefinger. "You are bleeding. I told you to wait for me to secure the shuttlecraft. You insisted you could find the way out on your own."

His voice was meant to be chiding but lost its bite with the way he petted her. What was that about a shuttlecraft? She didn't remember one being mentioned before.

Her train of thought disintegrated as his hand moved over her. His fingers brushed away her braids and delicately smoothed themselves over the soft curves of her face, as if he could see everything about her. He caressed her without hesitation, despite having just met her. Alisa felt herself fluster when his fingers brushed over her lips.

"I fell," she admitted, distracted by his touch. Whoever he was, he treated her as if she were priceless china. She leaned into the caress and sighed. It was a bit much for a stranger but appreciated all the same.

A low growl followed by a series of strange clicks filled the air as his hand checked her over. She froze and listened in dismay. What the hell was that? It almost sounded like her rescuer had made the sound, but that was silly, right?

"I believe you are concussed. I will remedy the condition immediately back at base camp." He carried her in a long-legged stride, rapidly eating the distance between them and the exit.

"Thank you for helping me. My name is Alisa Davis, by the way. Do you think you could take me to the resort? I left my belongings in the bungalow."

A curious-sounding chuckle left his mouth, if she could call the noise a chuckle. It was more like a deep-throated purr. "Human humor oftentimes escapes me, but I do see your joke here, beloved. Referring to our tent as luxury lodging is most ironic."

Human humor? Beloved? Who was this wackadoo? They reached the entrance and stepped out into the blinding light of the afternoon sun. She must have been stuck in the cave a lot longer than she realized for the sun to be this high. Or this hot. It was like there were three suns blazing down on them.

Alisa jerked her hand over her face to block the sunshine from her eyes before turning to address her rescuer. Strange, her vision was as clear as if she still had on her glasses. Taking a feeble peek from behind her lashes, Alisa gasped as the face of her rescuer came into focus.

She had seen him before. Every Wednesday night at nine, he would show her the wonders of the universe right before she went to bed. He, along with his captain and the rest of their crew, explored the stars, visited new planets, and met different species of aliens. As one of her favorite characters—okay, her *absolute* favorite—Alisa had made it her business to learn everything there was to know about him.

He ticked off all the wants on her Mr. Right checklist. He was strong, smart, and sensitive, but his height and stoic demeanor were the cherries on top. There was a handsome quality to his face she particularly admired, like those pretty elves in the *Lord of the Rings*. She also fancied his fight scenes, which oftentimes left her swooning into her pillow at night as she relived it.

This soft-spoken officer had long ago stolen her heart. However, as familiar as he was to her, Alisa had never met him. Largely due to the fact that he was a fictitious half-human alien. You know, that small detail.

"Science Officer Tojait?" Confusion cracked Alisa's voice as she stared up into his bright, brooding eyes.

He blinked down at her in equal befuddlement and tilted his head to the side. "If you wish to address me so formally, I am amenable. My name alone would suffice."

Oh! Her mouth gaped open and close like a fish out of water. Finally, it all made sense. This was her fantasy. She'd wanted to be best friends with the character Tojait and the other crew members while she explored space with her fantasy husband, but he wasn't acting like a best friend. More like a lover, or a friend with benefits, and her husband was nowhere in sight.

Her voice finally came to her and asked the question burning at the forefront of her mind. "Why your name only? You're an officer in the fleet."

"I am more than an officer to you, Alisa," he rasped. He gave her a pointed, heated glance.

"Umm, well, this is awkward." She wiggled in his hold. "You don't happen to know where my husband is, do you?"

Tojait straightened his posture as his gaze roved intimately over her, taking in her breasts, her exposed belly, and bare thighs. "Yes I do, for I am he."

Alisa's eyes widened in shock. "I...? You...? We...?"

One of Tojait's slanted eyebrows arched over a narrow black eye as he gazed down at her speechlessness with a nearly expressionless face. "We are soul-mated. We are one."

"Oh! Okay." She fainted in his arms.

*****

Mmm, she felt warm and cozy. Alisa hummed and snuggled closer to the source of heat. *This is nice,* she thought.

It is, isn't it?

Alisa huffed and frowned in her sleep. *Great. Now I'm talking to myself.*

A curious feeling came over her. She sensed she was being intensely regarded. Concern, dismay, and a heady wave of possessiveness washed over her. She had never felt this strange jumble of feelings so distinctly. Were the emotions she felt hers? Of course they were. She wasn't an empath.

I fear your head injury is more serious than I originally thought.

My head? What...? Everything came rushing back in an embarrassing wave of anxiety. Getting lost in the cave, freaking out and falling, and then... Oh, no!

Alisa's eyes popped open to find Tojait staring back at her. "Tojait?"

His bright, black pupils grew larger at the sound of his name, zeroing in on her mouth. "Alisa," he purred. "It is reassuring to see you awake. I was just about to check your vitals when I heard your thoughts. You look most becoming this morning, soulmate."

Morning? Hadn't it just been afternoon? Before, it had been blazing hot. Now the air was quite chilly. She was losing time.

His gaze switched from assessing to admiring. She squirmed under the heat of it and froze as she felt her nipples drag across his bare chest. She, no, *they* were nude! "Tojait, what did you do with my clothes?"

His brows rose in a show of confusion while the color of his eyes went from molten to frigid. He was upset that she was dismayed, but he could not reason as to why. "I removed your damaged clothing to clean you and dress your wounds."

Alisa nibbled at her lip and steeled herself for his answer to her next question. She wasn't sure if she should be scared or excited. "Did we have sex?"

The faint tiger-like stripes lining his face brightened in agitation. "Certainly not. You were not conscious to give your consent."

"Oh." She glanced away. Was she happy or disappointed? Alisa wasn't sure. In this fantasy world, Tojait was her husband, but if they did the deed, she wanted to be fully aware.

He continued his recount of the hours she'd lost, unaware of her mixed feelings. "When you continued to sleep, I put you to bed and joined you so I could observe your condition. The doctor is not with us on this away mission, so I have been nursing your health myself."

"Umm, thank you. I feel much better."

The serious expression on his face softened as he flushed with pleasure. "No thanks is required. In addition to your fall, I believe you suffered from heat exhaustion. The rest did you well."

He sat up from his reclining position, and Alisa pulled the sheet to cover her exposed breasts. "Our shuttlecraft is still inoperable. It requires more maintenance to balance the magnesium fuel reserves so the engines can be supplied. In the meantime, we can complete our mission. I will report our current status to the captain and prepare food to break our fast."

"Okay. Thanks." Alisa swallowed hard as he rose from their bed, which was the high tech equivalent of an air mattress. His portion of the sheet dropped, giving her an eyeful of his gorgeous, bare body. Long lean muscles wrapped themselves across his incredibly tall frame and drew her gaze down to the tapered-V of his pelvis. She wasn't prepared for the sight of his manhood. She clapped her hands over her mouth and inhaled sharply.

"*Holy Moly*...!" Alisa mouthed into her palms as he walked away.

Wowzer, this boy was packing some serious heat. As he walked away, Alisa pinched her thigh to make sure this wasn't a dream as she stared after him. No, the instant pain assured her this was real. Tojait really was hung like a horse.

How was she supposed to fit *that* inside of her?

Chapter Three

Alisa brought her hands to her cheeks. Oh man, she was married to her television show crush. Instead of some guy she wouldn't feel mortified being naked in front of or scared of disappointing, this stupid company put her with an intergalactic stud. Someone with whom she had a hard time stringing three words together whenever they talked. Now she struggled with not staring at Tojait like some pervert.

Alisa looked around for her clothing before opting to use the sheet to cover up. Studying her surroundings, she found that their drab, gray tent was actually more luxurious than what she had pictured in her mind. Beside their large foam-like mattress were a number of metallic containers, labeled with their contents. On top was a line of equipment she had seen used on the show, including a medical scanner and laser guns.

Much to her relief, Alisa caught sight of a hydrosonic shower and toilet at the opposite end of the tent in a corner. Peering around the cargo containers, she saw that Tojait had dressed and was busy reporting in as he assembled rations near the tent's door. The captain seemed concerned about their situation while another voice sounded positively livid.

"Are you out of your Rulsox mind? It's bad enough you're basically marooned until we return, but that you almost turned it into a search and rescue mission for Lieutenant Davis is a whole other kettle of fish. Have you at least run a diagnostic with the medical scanner?"

Tojait took it all in stride, blinking back at the screen with an air of aloofness. "I assure you, Doctor, I am of sound mind. I did everything according to procedure when I assessed that the lieutenant was injured. Her last scan came back within normal parameters, but her amnesia is still present."

The doctor grunted unhappily and sighed. "Fine, just bring her back in one piece. She's my favorite officer."

"I concur the sentiment. She is my favorite as well." The look he shot over in her direction said as much. Alisa swallowed hard.

Thankfully, the captain saved her from further inspection when he chimed in. "I think we can all agree Davis is the darling of our bridge crew. Comm in every twelve hundred standard hours to appraise us of your status, or if you have something significant to report. We'll see you in two days. Captain out."

"Wait! I'm not out! Far from it," the doctor growled. "I need a full write up on Davis's condition, Tojait. Don't think for one minute I'm going to let this go!"

As Tojait fought to assure the doctor that he had the situation well under control, Alisa sprinted to the bathroom. The door slid shut and she sighed in relief. She hadn't thought her fantasy would be this intense, or feel so real. Being intimate with a stranger was more overwhelming than she thought it would be.

Alisa glanced around the bathroom and groaned. "Crap. How does any of this work?"

It took sheer willpower to not call Tojait in to help her. Alisa figured out how to use the futuristic bathroom. She reasoned that advances in technology would only make things more simple and intuitive to use and thankfully, she was right. Feeling much better, she pushed the door release and crashed right into Tojait as she exited. When she braced her hands on his chest, the sheet wrapped around her curvy frame fell to the ground and left her nude once again.

"Oh no!" she cried, instantly shielding herself. At his puzzled look, the last thing she wanted to happen, did. She laughed.

Nervousness always caused Alisa to laugh, but it wasn't a cute, girl-next-door giggle. Oh, no. She had a braying, snort-filled, belly laugh. One that had caused her to be a source of ridicule, and along with all of her other geeky traits, had ended many of her relationships. Her face and figure drew men to her, but her awful laugh and socially awkward quirks put them off, eventually driving her away from the dating scene.

Two chuckles and a snort later, Alisa clapped her hands over her mouth and waited for Tojait's reaction. Would he tease her? Stare at her in wide-eyed shock? Would he call an end to the fantasy? Tears filled her eyes as she waited for him to break the silence.

Tojait tilted his head, his expression one of confusion. "Why did you cease laughing, beloved?"

"Huh? What?" She sniffed. He wasn't put off by her laugh? He knew she had held back?

Tojait blinked and took her hand into his larger one. "You relieve yourself of anxiety this way. I know this. Have I made you nervous?"

Alisa shook her head, nodded, and then groaned. "Yes, kinda. A little. There's a lot to take in."

He gave a nod of understanding and urged her towards the bed. "Come. Let us eat as we converse. Amnesia is not an easy diagnosis to deal with."

So, he thought she had amnesia. *It can buy me time and explain why I don't know things,* Alisa reasoned as she followed him towards their meal.

She arrived at the bed and found that he had laid out a few of the rations on a metal tray beside it. The strange translucent orbs and cubes didn't look all that appealing, but there was no seasoning like that of hunger. An easy silence hung between them as they speared the shapes onto their forks and into their mouths. Alisa chewed them thoughtfully, surprised by the burst of flavor they emitted as she consumed them. "Mmm, tastes like pasta."

"Pesto to be exact," Tojait said between bites. He pointed his fork at the pale-yellow cubes at the side. "These have been synthesized to taste like cheesecake. Your favorite."

Cheesecake? She made a few tiny, rapid claps and squeaked in delight. Now this was a fantasy. A half-naked man with dessert? Mmm, yes please.

Alisa wasted no time rushing in for dessert, moaning with each bite as she consumed them all with neck-breaking speed. She shot Tojait an apologetic look when she realized what she had done. "Sorry. I didn't leave any for you. I'm such a pig when it comes to cheesecake. I just inhale it all."

Tojait finished chewing and dabbed his mouth with a nearby napkin. "No apologies necessary. You always finish all of the cheesecake cubes. I often make off with all of the Rylayin pudding orbs. It has always been thus."

Alisa blinked away from the tray over to where he was sitting. "You mean, you knew I would do that?"

He gave her a slightly incredulous look and nodded. "Yes, of course. You are my soulmate, and with all the years we've shared together, I know you quite intimately."

Alisa flushed at the last part. She wanted to know how intimately and prodded him further. "How long have we been married?"

"For eight solar years and five earth months, but we have been soul-mated for much longer. I can give you the days, hours and minutes, too, if you so desire?" he offered readily.

"I don't, thanks," she said holding up her hand. The Rulsox had wonderfully calculating minds, but even on the television series, the constant reminder of their eidetic memories could get tiresome. "So you know me inside and out?"

She could see the gears of his mind ticking over the jargon before he let it pass without comment. "Indeed. I know you better than anyone else, I would venture."

An impish streak to test his knowledge reared its ugly head as Alisa forgot her nudity and slid closer to him. "What's my favorite star?"

"Vega," he answered, not missing a beat.

"My biggest fear?"

Tojait was chewing another cube when she asked and waited until he swallowed to answer. "Rationally? You greatly dislike poisonous arachnids. Irrationally? All insects."

"Look, they're all gross, okay?" She pouted as she licked her fork. While they weren't anything to look at, these food cubes sure were tasty. She looked over to find Tojait's eyes tracing the swipes of her tongue. Vaguely, she wondered if she had ever placed her tongue on him. From the heated way he stared at her, Alisa thought it was safe to say she had.

Best to distract him. Alisa was ready to be close with her husband but not necessarily go down on him. She had yet to devise a plan to stuff all of that alien anatomy inside her mouth, or anywhere else for that matter. "Favorite color?"

The tall, exotic male gave his impression of a human smile, which was hard to manage with all those menacing teeth. "A deceiving question, one meant to lead me astray. You, in fact, have two preferred hues—orange and yellow."

"Damn, you're good," she teased, pushing his knee with hers.

His almond-shaped eyes curved into smiling crescents while his mouth remained neutral. "You have spoken these words in reference to me many times before."

"Oh yeah?" she asked, searching the tray for more cubes to try. "Like when?"

He watched her pop a few different orbs in her mouth and answered her candidly. "During breeding practice."

Chapter Four

Alisa choked mid-swallow and coughed furiously in an effort to recover her composure and breath.

"Say what?" she wheezed. She glanced at him and bit her lip. Tojait watched her reaction, reaching hesitantly to caress her cheek in an effort to soothe her.

"You have expressed anxiety towards me now nine times in conversation, mostly in response to our lust or when speaking of copulation. In your amnesia, do you find me undesirable, Alisa?"

He looked so crestfallen, Alisa swore that she felt his pain as her own. She rushed to assure him, hoping to better express how she felt. "What? No! Tojait, I find you very attractive. So much so that I'm having trouble not getting too—" *Starstruck*, she almost said but managed to catch herself.

Tojait was completely focused on her, hand still on her face, patiently waiting for her to continue. Alisa scooted closer, thigh-to-thigh and tried again. "I'm just nervous because I don't remember any of our intimacy. I mean, I don't even know how we...ya' know...do that together."

Tojait thoughtfully glanced away and back, looking not at all upset with her hang-ups. "From what I know of our biology, the methods are practically identical. There is no particular routine we necessarily follow. I would arouse you, and after my overtures were accepted, I would insert my penis into—"

"Yeah, yeah, yeah! I know how intercourse goes!" Alisa interrupted in a flurry of hand waving for him to stop. She covered her face and groaned in embarrassment. "I mean, do we both enjoy it?"

He cupped her face with both hands and ran his thumb over her cheekbone. "Very much."

His lust burned at her skin as he did, further stoking her own. "You proposed first that we become physically intimate. It was an advance I was very much glad you suggested."

"So...how did we do it, then? Better yet, what's my favorite position?" For whatever reason, her voice came out more husky than she intended. Being so close, seeing the well-sculpted plane of his torso, having him so earnest and tender to her wants and needs, made her feel like coming out of her shell. She was already shifting her legs together to alleviate the building ache between them. Her shyness had melted away and left her wanton.

Tojait mirrored her lustful stare with a mischievous expression as he replied. "Your favorite position is what some humans refer to as missionary, and your supposed 'least' favorite is having me mount you from behind."

Supposed least favorite? As if she didn't know her own mind? "And you would know this how, Mr. Tojait Ameek Buuois 'Jall?" she huffed, using his full name.

His voice grew gravelly, further stoking the fire kindling low in her belly. "I would know this because I have brought you to climax on many occasions, often multiple times during coitus. The method I employed is your supposed least favorite, at your own behest."

Righteous indignation stole over Alisa as the hybrid alien bragged about his conquest of her body. Sex had always been okay at best and disappointing at its worst. She had a feeling it was mostly due to her boyfriends' inexperience. Not that she was some sort of expert. Her short series of misadventures had led Alisa to solve her problem by employing science once again, in the form of a sizable adult toy collection.

Alleged husband or not, she wouldn't stand for his showboating. Alisa glared at him and ground her teeth. He didn't have a clue of how peeved and aroused she was becoming by his smugness.

"Okay, *husband*," she goaded. Tapping down her self-consciousness, Alisa leaned back onto her elbows and made a show of parting her legs.

Tojait parted his lips to add to his comment and stopped, mouth open, viewing her new position. With that simple shift, she'd rendered him speechless.

Further testing the water, Alisa slowly ran her hand down her torso and pushed her chest up in the air. "Theoretically, you've rocked my world, but I'm a woman of science. I'll need you to prove it."

The male tilted his head and slowly blinked his inner eyelids, followed by his main ones, his gaze following her hand's passage down her stomach. When her fingers dipped between the folds of her sex, he looked more pleased than she had ever seen him during the whole course of the television series. Pleased and ready to pounce.

Tojait exhaled with a heavy huff, as if it was taking all his control not to roll on top of her and take what he wanted. "I am more than willing to oblige you with evidence, my dear human."

Alisa glanced down to his lap and saw the physical effect of his desire. Beneath the cotton of his loose, drawstring pants, the thick cock hanging over one of his thighs grew longer and more pronounced. As it stiffened, the flesh protruded from the pant's fly, revealing the medial ring and a ridge of small spongy bumps lining the underside of his shaft. Small beads of moisture glistened across the surface, making the skin slick.

She imagined just how those slippery, unusual textures might feel gliding inside of her and wiggled her hips expectantly. Maybe it was their mated status amping up her hormones. Or this beautiful male, willing and eager to have her. Whatever the reason, each second that passed solidified her resolve.

To hell with her awkwardness. Shyness be damned. Alisa wanted to go where no woman had gone before—to bed with an alien hybrid.

Tojait took himself in hand, stroking his cock from root to tip, and paying special attention to the wide flare of the head. "Lie back."

Alisa flopped down on the bedroll and splayed her legs. Not the most graceful of moves but it got her where she wanted to be fast. She looked up to find his dilated stare tracing over her like a cat on the prowl. His gaze had her hands involuntarily fisting the sheets and her heart racing. She held her breath as he pushed off his bottoms and slowly crawled over her to cage her with his much larger body. As he lowered himself, his hot skin slid over hers as smooth as silk, causing her to squirm and pant.

She never imagined that his skin would feel different, but the subtle dissimilarity felt amazing. The urge to feel him under her fingers sent Alisa's hands up and over his shoulders. She traced the bulk and swell of his muscles, feeling the power of them as they bunched and stretched while surveying her body.

Tojait's eyes fluttered closed as she stroked his skin, arching into her touch as he dipped his head towards her face. "You smell so good. You've always smelled *so* good."

Alisa trembled as he slid his shaft between the slick of her folds and brought his lips over hers. The chaste kiss was followed by another more heartfelt one until she kissed back.

He smiled against her lips as the tension in her body eased and nibbled his way over to her jaw. "Do you enjoy my mouth on you?"

"Yes." The hot ache that had clawed her insides earlier built with every caress he gave her. She had to get the hang of this alien mate thing, or she would go certifiably insane. "Please give me more."

Alisa gasped at the strange texture of Tojait's tongue as he licked over the copper column of her neck. The dark blue flesh was raspy in some places and velvety in others, leaving a shiny trail in its wake as he sampled her. "You are so sweet here."

He licked her again, this time over her throat. His razor-sharp teeth lightly scored her skin while his hands pinned her to the ground.

Alisa peered at him curiously as he rose, licking his lips, his teeth on full display. "Sweet here and yet I know you are even more delicious elsewhere."

The thought of where he could be referring to had her moaning for him to find it. Encouraged by her response, Tojait continued down, nipping and lipping towards her breasts.

Tojait shifted lower, his cock dragging wetly along the inside of her leg. As he perched above her chest like a predator, he glanced up to meet her gaze and carefully latched his mouth over one, soft nipple. The sensation of his lips, along with his foreign tongue brushing over the sensitive bud, had Alisa begging for more.

"Oh, yes! More of that, please!" she murmured, arching her back.

He gave her what she asked for. Taking care not to nip her skin, he licked, kissed, and suckled at the dark nub until it was stiff under his tongue. His hands had made their way under her, massaging the plump flesh of her ass while he gently mashed his mouth against the soft mound.

Alisa moaned and ground her hips in need. She couldn't remember the last time she had felt so out of her mind. She was close just from him sucking at her breast and thought she might come from that alone. "Damn, you're good."

"So you have told me." He gave her an impish look before popping the other nipple into his mouth. The first drawing pull shot a near-climatic shock down to her clit. Heaven help her, this man...err, male...was driving her up the wall! "Tojait, please. No more teasing. I want you."

Tojait lifted his head with a lazy blink and braced himself with a hand on either side of her head. "And you shall have me."

Chapter Five

A moment later, she felt the wide head of his cock bumping her entrance as he aligned their hips. "As my woman of science, you wish to have me reproduce my results from previous couplings?"

One of his hands left the bedroll and took a tight hold of her hip. Alisa swallowed hard at his touch. His heated intentions buzzed across her skin. With a timid nod, she said, "Yes, exactly."

He drew closer until their lips brushed together, and she felt his sweet breath. "Permit me to set a control and then conduct the experiment."

With that, he pushed forward and sent her eyes rolling to the back of her head. Sweet stars in the sky above, he felt good but big! Alisa clawed at the bedding as she forced herself to relax around him. In an effort to ease her discomfort, her alien mate took his time, nibbling and kissing at her neck. Inch by wall-stretching inch, Tojait fed her tight center his cock, slowly withdrawing and reversing course to give her time to adjust.

A chilling growl left his lips as he pushed further inside. The soft, round-voweled murmur of common Rulsox filled her ears as he caressed her face with his fingers. For the first time ever, Alisa was thankful she had spent so much time learning the made-up language.

Tojait told her things she never thought a stoic, conservative race of beings would utter. The phrases left her blushing and wondering how much she actually knew about them. Tojait was unaffected by her curiosity and bashfulness as he praised her. He was too engrossed with trying to sink inside her.

After every few strokes, he would withdraw his shaft and run it between her folds. Each time he did, the head of his cock would bump her clit and make her whimper for more. "Please, please, please, please!" she whined, clawing at his arms.

When had she become so demanding and needy? Alisa had never spoken during sex and never once asked for what she wanted for fear of sounding silly. Something about Tojait's presence and the security of their soul commitment gave her a voice to speak her mind. "Show me how we make love."

A feral sounding growl rumbled from his throat as he claimed her full lips and thrust forward. Her legs fell open as he sank deep and the bell flare of his cock's head hit her cervix. The soft rippled edge had her groaning and twisting beneath him. Was he supposed to feel this good? God, did all Rulsox males?

Tojait growled into her mouth and tightened his grip possessively at her hips.

Whoops. Had he heard her thought?

Indeed, I did.

Oh, dear. Probably best to simply concentrate on the cock at hand.

At that thought, Tojait's chest rumbled and he made that odd clicking hiss she'd heard earlier. *I will make it my mission to have your concentration spent. No other cock will cross your mind after you have found your pleasure on mine.*

He slowly withdrew and sent her toes curling into the fluff of their bed. Was this even real? Tojait should not feel this good, even with Fantasy Island's helping hand. Alisa swallowed loudly and curled her legs around his waist in an involuntary demand for more. Her husband responded by nipping at her bottom lip and purring into her mouth. Mmm, he liked that, eh?

As he pulled out farther, Alisa could easily imagine an alien invasion successfully taking place if they could all put it down like this. Tojait's tongue dominated her mouth as he sent the full length of his cock rushing back in. The nerve-tingling glide had Alisa digging her manicured nails into his back and screaming into his mouth. All the bumps and ridges that Alisa had seen earlier, she now felt as each one prodded and stretched her walls. It was even more shocking on the withdrawal as it dragged along her g-spot.

He repeated the motion, once, twice, until he gained a rhythm. Each thrust had the pressure inside her building. Alisa whimpered against his lips and held onto the mattress below.

She was going to come and come hard. She broke their kiss and wailed into the air. "Tojait, I... It's too much."

Tojait stared down at her, blinking both sets of eyelids while he relished the look of ecstasy on her face. "That's it, little one. Take your pleasure. Come on my cock, Alisa."

Alisa didn't have a choice. One second she was on the brink, and the next she went careening down into a blissful void. From the way her climax held her captive, she only had strength enough to breathe. Not until it waned did she feel like she could move again.

As she panted, Tojait's long arms scooped her up and flipped her over onto her belly. Pulling her up by the waist, her alien mate set her on all fours as her body continued to shake uncontrollably. Alisa had never come like that before. If he said she preferred the position he planned to take her in now, she didn't know how she would stay conscious.

"Tojait..." She moaned, unsure of what she asked.

Tojait smoothed his hands down her back and admired the wet sheen gathering on her luminous brown skin. "This is how we make love. This is how I make you mine," he drawled gruffly. Alisa shuddered as she felt his oddly dexterous tongue glide up her spine. His hands held her still as he nipped at her shoulder. "I shall have you come again."

Again? She gasped as his hands seized her hips and pulled her onto his penis. Its monstrous length sunk into her with a palpable pop that rang out sweetly inside her. Alisa arched her back and moaned loudly. "Oh, God! Oh, Tojait!"

Tojait's manhood was human enough to be manageable, but its alien elements made her toes curl in the best ways imaginable. That ring, the nubby circle around his girth, plucked at the spongy knot of the hot spot inside her. Paired with the flat, wide head, Alisa knew she would soon be shuddering around him again.

Tojait's hands went from her hips to her ass, palming the curves hungrily as he picked up the pace. Alisa's head shook from side-to-side as each thrust dissolved her ability to reason. Why hadn't she said fuck me earlier? She was supposed to be on vacation, living it up, and honey, this was living.

The sounds of her needy mewing filled the tent as he surprised her with a hearty smack on her rear. It didn't hurt, but it sent her over the edge. Her sex milked his cock as she came with a loud sob. Alisa trembled terribly as if she were cold, barely able to stay on her hands and knees.

"Again," he rasped, riding her harder.

Good heaven, she was going to pass out if she came like that again.

"Do you remember me now, mate. Do you remember this?" The low guttural sound of his voice called out from behind her.

Remember? She could barely think with the way he pounded into her. Still on all fours, Alisa cried out his name for him to have mercy from the sinful way he used her.

All the things she'd thought she hated, her alien found a way of making it undeniably desirable. She had seen spanking as taboo but found herself arching her back in a silent plea for more. During sex before, she had been quiet as a church mouse. Her hybrid husband had her hollering like a harlot.

Normally, she would be shy about how her butt jiggled. Instead, Alisa was filled with hedonistic glee as Tojait pawed and squeezed each cheek. Not to mention, she was more than thankful for the cushion her big backside provided. Her alien mate rode her hard, snapping his hips so swiftly against hers that her ass clapped against him on impact. When he spanked her during those especially deep strokes, Alisa thought she would faint from climaxing so hard.

"Do you remember, Alisa?" he growled. "Do you remember how much your soulmate adores you? How much I hunger to feel you come apart when I am inside you?"

"Oh, God..." Alisa fell to her forearms as her strength waned. Still greedy for more, she kept her hips lifted, encouraging him to continue and fill her. "I want to remember," she gasped into the stifling air of the tent. "I want to..."

At her confession, Tojait held one of her legs out to the side and continued to pummel himself between them. The new position exposed the small bud between her folds to all the friction. Barely two strokes later, Alisa's vision blurred and her body bucked. She clawed at the bedding and silently screamed her release into its fluffy fabric. Stars burst behind her eyes as her breath arrested.

She could feel Tojait's impending climax and the sensation sunk into her nerves and surged her orgasm to higher heights. He couldn't contain the pleasure he felt having her like this—open, vulnerable, and crying in ecstasy. Their emotions whipped back and forth between them, bliss mingling into a pool that left no distinction between one or the other.

Tojait's release closely followed hers. Jerking and snarling, he held her hips in place to take every last drop of his cum. Gush after hot gush of his seed pulsed into her spent body. As she gasped against the welling flood, Alisa saw now that when he mentioned breeding practice earlier, he was being quite literal.

Just as the jetting heat began to trickle down her legs, the base of his cock swelled to lock the rest inside. Alisa shut her eyes tightly at the stretching sensation pushing against her walls and gulped loudly at the air. None of the television episodes had prepared her for any of this. Her husband had strung her out and brought her into a full, screeching supernova. If she could walk tomorrow, it would be a marvel of modern science.

Before she could collapse onto the bedroll, Tojait hooked a pale arm around her waist and pulled her flush against his chest. He gently pushed the braids from her face and nuzzled her neck. "If you cannot remember, I shall enjoy courting you anew as I did when you first became my bride. As long as we are together, my soulmate, we can make new memories."

"If you keep on doing things like this to me, I won't live long enough," she replied tiredly.

Tojait huffed through his nose and gave a soft smile. "Human humor again. You *are* feeling better. Rest with me."

Carefully, he brought them to lie down on their sides until his knot subsided. Stuck fast to her mate, Alisa blinked sleepily in his warm embrace while his hand slowly stroked her stomach. She had never been so spent or this happy in her life after sex. If she had only this moment between the two of them, this fantasy will have been worth every single penny.

Chapter Six

Sleepy, but not willing to miss a moment of this bliss, Alisa asked, "Is it usually like this between us? When we...join together?"

Tojait stilled his hand before resuming the lazy circles he made around her navel. "I am usually not so quick to come to climax. I apologize."

Not so quick...? Alisa's eyes snapped wide open. If Tojait had continued any longer, she would have had a heart attack! He stirred at the growing silence and lifted his hand to rest on her hip. "You are not laughing."

"Should I be?" she squeaked in disbelief.

"Well, typically one laughs after a joke's punchline. Unless, of course, the truth is I did achieve climax too quickly." Though he posed the question as a statement, she could feel his masculine pride wilting.

Alisa's relief manifested as a deep belly laugh, hee-hawing and snorting with abandon. She firmly placed her hand over his and goofily grinned. "Oh, thank goodness! If you had lasted any longer, I would be the one saying sorry for not being able to keep up."

Turning her neck as far as she could, Alisa planted a chaste kiss along the sharp line of his jaw. "It was wonderful. Thank you."

The rigid posture of his body went slack as he recognized her sincere satisfaction. He exhaled and shuddered as his knot receded enough to pull out. Curiosity had Alisa looking down only to be shocked again. Coating her thighs was the most fluorescent, glowing blue fluid she had ever seen. She never thought to ask if any part of him was poisonous, or in this case, possibly radioactive. "What is...?" She swallowed hard and tried again. "Is it supposed to be that color?"

Tojait peered down between her legs and fingered the liquid seeping from her folds. "My seed? Yes, it gained this color after our soul-mating. It is one of the ways Rulsox males mark their females. The color denotes our status as soul-mated."

Blue sperm? Huh. Who'd have thunk?

Tojait waved a small device over her and evaporated the liquid. In a matter of seconds, she was blue free and, according to him, sanitized. Was this what he'd used when she'd been unconscious?

After nuzzling her neck another time, he spooned her tightly and fell silent. Alisa thought Tojait might be asleep. Though drowsy, she snuggled into the warm bulk of him, stared out across the tent, and allowed her mind to wander.

She, Alisa Davis, was married to the man of her dreams. Frankly, even the thought of it was enough to blow her mind. This fascinating, complex, hybrid alien with the beautiful body she'd lusted after and idolized from afar was hers. She was over the moon with joy with this unexpected blessing she'd been given, but he probably felt underwhelmed. Tojait could do so much better than her.

A low growl vibrated through her and rattled her bones. "Do not say such things. I will not speak for you, and I would like the same courtesy."

"I didn't say anything," she said, momentarily forgetting he could read her mind.

"You thought it." Tojait flipped her over to face him and brushed a hot finger over her brow. Despite the gentle gesture, his eyes were hot with anger. "You fascinate me, Alisa. I do not know why you believe I would think otherwise. "

Alisa wiggled closer and rested her head on his chest, wishing she could believe him.

*****

After another trip into the bathroom and a stop in the shower, Alisa felt energized enough to venture out of their tent. Tojait handed her new clothing, a near identical match of her torn uniform dress.

She braided her hair over her shoulder to get it out of the way. When she was done, she saw Tojait looking at her as if she were still nude. Caught admiring her face and figure, he quietly cleared his throat and nodded towards the door of the tent. "If you are ready, we will resume our duties."

"Aye-aye." Alisa smothered a giggle. This was wild! She was actually a part of a star ship crew! Before they stepped out, Tojait gave her a bag containing what she would need for the mission and a belt fitted with a holstered phaser.

Whoever created her fantasy must have been a big fan of space shows, too, she thought as she looked over each item. The details were so precise they appeared real. Tojait's makeup artist must be making a fortune with his skill. The bodysuit alone was worth its weight in gold.

After examining the contents, Alisa zipped up her bag and followed Tojait outside of the tent while he held open the flap. As soon as she glanced around, she squealed in excitement. "Whoa! Talk about out of this world! This set is amazing!"

Alisa turned to survey the landscape around her in pure awe. It looked nothing like Earth. From the purple sky, to the fuzzy, red rocks and silver pools of what could be mercury, the planet was a spectacular sight.

Tojait came beside her as she bent to examine the ground beneath her feet. "This is crazy! I've never seen anything like this!"

Tojait lifted a single brow as he calibrated his instruments. "It is like any other terraforming planet we have landed on. I am gratified that you can look on it with fresh eyes and admire planet 593.4 for the unique planetoid that it is."

Alisa glanced up at him, grinning ear to ear. "You have no idea. I don't even know how they managed this."

"Who is the 'they' to whom you are referring?" he asked quizzically.

Alisa snapped her mouth shut and winced. She was breaking character. This was another planet, as far as her fantasy was concerned, and her Tojait actor was trying to keep the scene going. "Did I say they?

I meant 'the'. You know, for the, umm, Creator. It's amazing how He formed all this."

It worked out that the character she impersonated also believed in a higher power. Tojait nodded with a grunt, still tooling with his props. He was really committed to his role, unlike her. Alisa was beginning to feel a little bit guilty that she wasn't doing the job she had appointed herself to do. The most she had done was let her alien ravage her. Not that she was complaining...

"So, what exactly is our objective on this away mission?" she asked, poking at the pink and magenta dirt.

Tojait continued to type into his data recorder as he answered. "A routine planetary survey. As Chief Science Officer, I am collecting biological samples and planting rovers to record data once we leave. You, as our Stellar and Planetary Cartographer, are cross-checking the maps you drew up earlier on the ship and submitting them for future surveys."

Alisa nodded while cradling her equipment. So, she had taken the place of the navigation officer on the show. That character was always played up as the flirt, but neither navigation officer nor Tojait had been written with a romantic arc. It had often saddened her that he was without a companion. The captain had more paramours than he could shake a stick at, and the other crewmembers had illicit trysts here and there. However, Tojait was the lone wolf in the crew. He was neither human nor Rulsox enough for either species of people.

The two of them set out from their campsite, following Alisa's map. The longer they trekked, the more apprehensive she grew. The wonders they discovered had her plagued with a sneaking suspicion. The rocks weren't covered with carpet, as she'd supposed, but were actually fuzzy. The sand wasn't dyed pink, and the heat of the suns felt all too real.

Alisa soon collapsed onto one of the fluffy stones and retrieved her canteen. She'd been leading them on what she thought was a short circling trail before turning in for the night, but *short* was up for interpretation. "Why didn't I put a scale key on this map?" she groaned, mopping her brow.

All she wanted to do was to strip off her knee-high boots and rub her aching feet. This was ridiculous. All this technology and still no comfortable shoes for women to wear?

Tojait walked up as she sat gulping her water and crouched beside her with something held between his palms. Alisa wiped her mouth on the back of her hand and nodded towards him. "What's that you have?"

A buzzing tingle, like that of excitement tickled at her skin as he gazed at her. Their soul connection, she supposed as it grew stronger the closer he came. "A new discovery. For you."

"Aww! That's so sweet!" Alisa smiled and felt the buzzing grow into an electric throbbing. Whatever it was, Tojait was very eager to show her and even more elated that he had pleased her in the process. "The pleasure is ours to share."

He opened his hands to reveal a golden-scaled fish, flopping and gasping in his palms. Along its body, thin frilly gills bellowed above ridiculous looking fins. It looked like a flying fish had been dipped in glitter and given steroids. Tojait cradled the poor beast in his hands, offering Alisa a look at its strange, fan-shaped tail. "It is an undocumented species. I wished for you to see it first. You may give it a lay name, if you wish?"

As beautiful as it was, Alisa was dismayed that it looked so distressed. She didn't want anything to suffer for the sake of making her fantasy feel real. Shaking her head, Alisa pushed his hands away. "I would love to, but you should return it to the water."

Tojait gave her a skeptical look and opened his hands further. "That would kill it."

Confused, she asked, "What are you talking about? It's a fi— *Holy shit!*"

Alisa fell back onto the rock in slack-jawed shock as the 'fish' flopped out of Tojait's hand and soared into the air. She followed its flight into the sky and saw a large number of them flying.

Tojait blinked his gaze from her to the sparkly beast above with one brow raised in protest. "I must object to naming the creature holy shit. Something so vulgar could lead to problems in the future. Perhaps something to do with its color, shape, or primary traits?"

She sat, mouth open, shaking her head in disbelief. It flew! That fish had just flown in the air like a bird, and it wasn't the only one. There were a whole slew of them.

Chapter Seven

"Alisa, are you all right? Your skin has an unnatural pallor to it," Tojait said.

His words were barely audible over the rapid beating of her heart as she looked out over the horizon. She had been so consumed with exploring her map and talking with Tojait that she hadn't noticed their surroundings or the animals he had been logging. In the distance, a cloud flashed brilliantly with streams of silver trailing beneath it. Something that looked like a giant penguin crossed with a caterpillar waddled away from a pack of eyeless, pug-faced ostriches that all just happened to have ten legs each.

Alisa blinked, rubbing at her lids. Every bizarre thing stayed crystal clear. She was either on a different planet with an actual alien husband or having the wildest reaction to her allergy meds imaginable. "Is this...real?"

Her mate began that clicking hissing again, which she now knew he did when he was exceptionally emotional, and edged towards her. "Is what real? Alisa, I am growing concerned that your injury is more extensive than I concluded." He fished out his communicator and powered on the screen. "I will hail the captain and—"

"No!" she yelled, jumping to her feet. Tojait blinked at her and she took a deep breath. "I'm fine, really."

Tojait's black irises appeared hard as ice and just as cold as he pinned her with a hard stare. "You are lying."

Shoot, she'd forgotten about that whole soul exchange thing. Tojait could read her emotions, and sometimes her thoughts. Alisa bit her lip as she slowly sank down onto the rock again. "Really, I'm fine. I just didn't expect everything to be so strange. That flying fish thing startled me, left me feeling disoriented. I haven't been paying attention to our surroundings. Too focused on the map and my calculations. "

"I should signal the Chief Medical Officer immediately," he said, unappeased by her explanation. "No mission or assignment is worth risking your health."

Dang it! She'd fallen out of character again. As the ship's Navigation Officer, she should be used to new alien planets with their surreal landscapes and strange life forms. No wonder Tojait wanted to call for medical assistance.

Thinking fast, Alisa placed her hands into Tojait's and gave him a look of sincerity. "Look, I know I bumped my head and I'm a little bit loopy, but I want you all to myself with no one interrupting. Let's continue exploring the planet and each other, but if I'm not better in twenty-four standard hours, I give you full permission to page the doctor for help."

Tojait studied her for a long time. Alisa knew it wasn't easy for him. Rulsox males adored their mates and valued them over everything. He would be against doing anything that put her at risk. He took a deep breath and heavily exhaled. "You speak truth. I will respect your wishes and grant your requested amount of time, even though it goes against Section 4, Codes 58.21 and 58.63."

Alisa giggled and kissed her frowning alien husband on the lips. "It's a risk I'm willing to take. Thank you."

"No thanks are necessary," he said still frowning and looking harried by her request.

"It will be when I ask you to carry me home," she teased.

Tojait brightened and came closer. Alisa squealed as he snatched her off the rock into his waiting arms, settling her weight along the broad planes of his torso. His unique scent filled her nose as he held her, stirring memories of freshly zested lime and crushed pine needles. An unusual combination but one that she now found to be very heady.

Alisa curled herself closer and relaxed into him. Something about this quiet male made her feel at home. "I was just joking, you know. I can walk."

Tojait made no comment at her contradictory statement, though there was a soft smile to his otherwise stoic face.

Alisa stifled a long yawn. "Why am I suddenly so tired?"

"It's the heat. It's very draining and you have not consumed enough fluids. I should have kept a better eye on you." He sounded furious with himself.

"Tojait, I'm an adult female. Despite yesterday's incident, I know how to care for myself."

"You are my soulmate, and you've been injured. It's my job to see to your health and emotional wellbeing."

"As nice as that sounds, I don't want to be a burden to you," she said, even as she snuggled closer.

That is an irrational fear. We are soul-mated, Alisa. We are one. Caring for you is like caring for myself. You would do the same.

"Fine. I don't want to be a hindrance to the mission. We still have a lot more work to do. Put me down. I can work a little longer," she said.

Tojait shook his head. "It is time for us to seek shelter. The third sun is about to rise. The planet's surface temperature will reach over eight hundred degrees."

Alisa glanced at the sky. "Maybe you should walk a little faster."

*****

Alisa awakened out of her sleep cycle, aware her time on Fantasy Island was winding down. One day she'd fall asleep and wake to hear the sounds of luaus and waves. Today, she vowed to stop questioning everything and make the most of the time she had remaining. The bright light outside let her know all three suns still blazed bright in the sky.

For the next few hours, they would be trapped inside the safety of the tent, where an airy breeze and a shadowed interior kept them cool. The air shifted and brought the rich citrusy-pine scent of Tojait into her nose. The memory of their lovemaking had her mouth salivating and her pussy aching. Soon, her body burned but it wasn't from fever.

She turned towards Tojait, her eyes ravenously taking in what she could of his bare body as he slept. He was gorgeous, even if he wasn't completely human. Tojait's frame was a masterful balance of heavy muscle and low body fat, as if he had been carved from buff-colored marble. The only exaggeration was the ratio of his shoulders to his waist. With the former being so broad and the other ridiculously slight, he had the appearance of a giant swimmer's physique gone askew. Sort of like those creatures in the movie Avatar, with his sharp facial features, pointed ears, and barely visible stripes along his back and face. Thick eyelashes fanned his cheeks, and the black hair cresting his head had a bluish sheen.

Her gaze focused on his mouth. Those lips had done amazing things to her body. His kiss was something she'd never forget. Alisa bit back a moan as she recalled the feel of his flesh pressing against hers. She wanted to feel that again. Wanted Tojait so deep inside of her she couldn't tell where he ended and she began.

A low rumble caught her attention. She lifted her gaze to see Tojait had woken sometime during her inspection and now stared at her with a matching look of hunger. He inhaled deeply and purred in response. "You are aroused."

"Yes," she agreed, squeezing her legs together.

He moved languidly up onto his elbows. More of his decadent aroma hit her nostrils and had Alisa groaning. Her body shivered with an arch. "Your scent..."

"Has not changed," he said, inching closer. Tojait's massive hand gently snagged hers and held it captive. Alisa inhaled sharply as he brought her fingers to his mouth and slowly ran his dark tongue over each one. Oh goodness.

Tojait's expression was so feral and unlike his character on the show, it should have frightened her. Instead, it upped her arousal another notch. "You are in heat," he said.

"Heat? Like an animal?" she asked, only partially paying attention to the discussion.

"Like my people," Tojait corrected. "Rulsox males bring their females into heat every three jarros cycles. Your sensitivity to my scent and your body's state of arousal indicate that your time is upon you."

Alisa swallowed heavily and shifted restlessly on the bedding. "What happens now?"

Tojait gave her a wicked grin as he pushed her gently onto her back. "Now we put all of that breeding practice to good use."

Alisa looked up at him as he lowered his head and zeroed in on her breasts. His long, dual-textured tongue curled around her nipple, tugging the taut bud into his waiting mouth. The greedy suckling that followed had Alisa struggling to contain herself. All at once it felt like too much and exactly what she needed.

"Exactly how long does this heat last?" she asked, panting for air.

Tojait nipped at her jaw and planted a soft kiss to her sternum. "One standard day."

She fidgeted as he resumed his oral massage of her breasts, cupping, squeezing, and kissing the mounds as he suckled at his leisure. Alisa sighed and knit her fingers into his thick hair. "Feels so good."

He purred against her nipple and flicked his tongue. The vibration shot straight to her core. "Do that again!"

Huffing in humor at her demand, he did as instructed. She held his head tightly to her breast and thrashed her head as the hot ache in her belly grew stronger. Tojait released her with a tug and a pop and switched to the other nipple, giving it the same lavish attention.

Suddenly, Tojait flopped onto his back and pulled her on top of him. Alisa squealed from the abrupt change in position and clawed at his sides. "A little warning would be nice, Commander!"

She'd barely adjusted when he reached under her thighs and lifted her up in the air. "Noted, consider yourself warned," he said gruffly.

"Warned about—"

Alisa squealed in surprise as he sat her on top of his face. Then she screamed as his tongue parted her folds and surged up between them. She would have leaped off him at the unexpected intrusion if he hadn't been holding her down. He snarled and purred into her sex with this throat clicking wildly at her moaning and squirming figure above him. *You make me lose my control. I feel wild at the taste of you, Alisa. See how you drive me to my end?*

Alisa responded with what little Rulsox she knew. *And you make me lose my mind, husband.* He crooned at the sound of his native tongue. With a boldness she had only with him, Alisa demanded, "Give me what I need."

His nostrils flared and his eyes blazed hotly up at hers. *"Yes,"* he hissed.

Tojait lifted her and impaled her onto his cock in one swift motion. Alisa's body swallowed him whole, and she wailed and clenched around him. "Yes!" she shouted.

He took her in a pace that brooked no arguments, both keeping his promise and staking his claim. She was his, and as his mate, would take all of him.

"My female. My human," he growled.

Yours!" she whimpered in reply. At the sound of her acceptance, Tojait held her in place by her butt and came with a snarling groan. Her orgasm followed his.

Chapter Eight

Alisa crumpled onto Tojait's chest in a boneless, gasping heap. He ran his hand over her back as she recovered. "Better?" he asked.

"Yes, thank you."

He hummed, his chest vibrating with self-satisfied pleasure. "No thanks are necessary. Rest. We have a few minutes before the heat returns."

"It comes back?" Alisa asked.

"Yes. This was level one. There are ten more levels to traverse."

"Ten?" she echoed faintly.

"Each one grows progressively longer and becomes more intense." Reaching out with one long arm, he grabbed the canteen and pulled it closer. "Hydrate. As soon as the knot releases, I will bring you food. You must maintain your strength."

A disturbing thought crossed Alisa's mind. "Tojait, you said this heat occurs every three years?"

"Every three jarros cycles, which is equal to five point seven solar years," he explained.

Alisa mentally calculated. "So this is my second heat?"

The hand stroking her back paused. "Yes." The tone was cautious.

"Do we have children?" Immediately after asking the question, she held her breath.

Tojait was silent for a long moment. "During your first heat cycle, the timing was not right. We made the decision to postpone having offspring. I had hoped..."

She lifted her head. "Hoped what?"

"That this cycle we could begin our family. It is why I petitioned the captain for us to conduct this research alone." His serious but hopeful gaze met hers. "I should have discussed it with you."

"We're discussing it now. How would pregnancy affect my job? Would I still be a navigation officer, or would I have to step down?

114

What about after the baby is born?" Though they were in the exploratory arm, Star Fleet was at its core, a military operation.

"We would need larger quarters to accommodate our family. Also, we can request a live-in child-minder be assigned to us. This will free us both to attend to our duties, on and off planet," he said, still watching her closely for any reaction.

Live in? Like a nanny? Alisa thought of how sexy her husband was and her instinctive reaction was, *Hell, no!* All the Hollywood stories of nannies seducing star's husbands floated through her mind. She would hate to have to cut a bitch.

Tojait's shoulders shook. Alisa glanced at him and realized he was laughing at her. His eyes danced with mirth. "We can request a male child-minder, one happily married with offspring of his own."

"You read my mind?" she said, eyes narrowed.

In answer, Tojait flexed his hips where they were still joined. "Touch telepathy," he reminded her. "Your possessiveness pleases me."

"Remember that when you're selecting child-minders. I don't want to end up in the brig." Inside, she could feel the heat of arousal flicker to life, but didn't want to give into it. "Tell me how we met."

Both of Tojait's eyebrows rose at her abrupt change of subject. "When I first read over your file, I thought you were impressive. Not as a woman, not as a human, but as an intellectual peer. Your journals and designs spoke of a curious mind, one that hungered to explore. I petitioned the captain to request you be assigned to the crew at once. It was only as I saw you on the bridge the first time did I see what more I had gained."

His eyes conveyed a wealth of emotion the rest of his face refused to show. "You were...stunning. To this day, the captain and Chief Medical Officer find humor that when you arrived on the bridge, I could not remember any orders immediately before or after you took to your station."

Alisa snorted right before crackling up. Some eidetic memory. Clearly, the sight of her had done a number on him. The cool, collected Tojait had been struck dumb. "So you're saying you were bewitched?"

Tojait averted his gaze and tilted his head thoughtfully to the side. "To say I was enchanted is the best description. However, it does not fully capture the feelings I experienced in that moment. Here...I can show you."

He rubbed his thumbs gently on her cheeks as he cupped her face between his hands. Alisa felt her face grow hotter as his memories poured into her...

Tojait had been quietly anticipating her arrival. The door swooshed open on the bridge, and he turned to see her waltz in. He froze in place.

As quick as a flick of a switch, something inside him shifted. *Her,* he thought as she exited the lift. He wanted *her.* As she came towards his station, his mind supplied the facts of her dossier. Her age, her height, and her focus within operations. As much as he had learned, Tojait had found there was so much more he wished to discover. He wanted to know which things pleased her, her personality and demeanor. He wanted knowledge of all the small, personal details he rarely troubled himself with when it came to others. But this woman, this awe-inspiring female, he wished to know.

The rush of emotions he'd felt consumed her. Gut-dropping, mind-dizzying shock. A deer in headlights, Alisa had smitten him. Between one breath and the next, the memory of their first meeting faded out of sight...

Alisa refocused on Tojait as he lowered his hands to her shoulders.

"Many tried but none succeeded in earning your romantic affection. That you seemed oblivious of their admiration gave me comfort. It gave me hope that perhaps you would accept my courtship. Whenever I found myself with time for recreation, I inevitably gravitated towards activities in which you engaged. That you seemed amenable to my company only made my infatuation with your person more unyielding. Eventually, our time together grew into something more. Something, that when asked about by our captain, I could and would not deny," Tojait said, gazing into her eyes. "You are everything I desire in a mate. I want your happiness. I want us to know each other and trust that we are one. Though your memory of us has been damaged, I am grateful that you still feel as called to me as I feel to you."

"Called?"

"My soul still resides in you and yours in me. Without our shared soul, you would not go into heat. You would not be able to hear my thoughts or sense me." To emphasize his meaning, Tojait held her chin and caught her lips in a kiss that more than touched lips. The moment his mouth brushed hers, Alisa felt all of his love—foreign, deep and possessive—swell and spill over into her.

Alisa moaned and shivered in his arms. The same heat that stole over her earlier tickled at her center where he was embedded. The sensation was richer, more heavily bodied as the love they shared gave it weight.

"Wow," she whispered quietly. Her chest felt full to bursting. She knew his starry-eyed gaze mirrored hers. She hadn't believed in love at first sight, but clearly the poor alien had fallen prey to it. Good thing she had fallen in love with him, too.

Tojait pulled her up and let his unknotted shaft slide free from her channel. That's when the intimacy took another otherworldly turn. Though physically removed from her body, Tojait still felt lodged deeply within her and throughout her whole being. The ache in her chest she got sometimes when she felt alone was replaced by a feeling of total connection.

Alisa snuggled closer and relished the feel of his arms wrapping tighter around her. Home. This is what belonging felt like. It was a moment she knew she would never forget. Not for the first time did she wonder if she'd been drawn to him because he was the man for her. Who would have known that the stars she had been studying and searching held her true soulmate.

A warm swell of affection flipped her stomach as Tojait kissed her ear. "I, too, looked to the stars. Perhaps we knew we were fated."

One kiss led to another, each one deeper than the first. "I want to touch you," she said.

Tojait froze. "Yes, let me feel your hands on me."

The hunger in his voice and expression made her realize that while she'd been on the receiving end of his sensual expertise, she hadn't reciprocated. How selfish of her. Alisa lovingly explored every inch of his body, learning what pleased him. His body was so different from hers.

"Does this scare you?" he asked.

"No, it fascinates me," she admitted, stroking a particularly sensitive spot.

His response was immediate. He was more vocal, his face more expressive, than she ever could have imagined from simply watching the television show. The knowledge that she could have this effect on him shot her arousal to the stratosphere. Or maybe that was the heat?

"Love," Tojait panted, "have you finished your exploration?"

"Why?" she asked, her nose buried in a part of his body where his scent emanated strongly.

"I have a need to plant my cock within your core and saturate your sex with my seed. Indeed, if you continue much longer, I fear I will be unable to control myself," he said.

She glanced up. His eyes almost glowed with lust. The stripes stood out on his face, and the fine hairs on his body rippled. Alisa gave him a wicked smile. "Is that supposed to be a threat? I know you won't hurt me. I want to see you lose that famous control."

A ferocious growl erupted from him. The world shifted and Alisa found herself face down and ass up on the bed. Laughing, she said, "I think this is your favorite position."

"It is optimal for breeding. Penetration is deeper and the semen is deposited closer to your cervical opening." He positioned her hips with his hands. "Allow me to demonstrate."

Alisa felt him at her opening a second before he thrust deep. She groaned and for the next hour, no words were spoken.

He guided her through the levels, each more strenuous than the last. Every climax brought a wave of relief, but as soon as Tojait withdrew, the heat came roaring back. It was like an addiction. There could never be enough of it, enough of him. Each touch both eased and conversely increased the crazed mania she felt crawling beneath her skin.

Tojait was there for her each time, bracing her body against him as he guided himself inside. Alisa writhed with each thrust, feeling more vulnerable and exposed than she ever had before. The soul connection between them gave her the security she needed to be open.

He was her mate, her home, her place of safety, and they were one. What had previously only been for pleasure had now taken on a sacred air. The love they shared for each other would be manifested into the form of a child—their baby.

At the end of her rut, Alisa laid on her side, spent and barely conscious. Tojait held her worn frame to himself and nuzzled her neck. His palm cradled her flat stomach in his hand in a universal sign of male protective pride. With a drowsy kiss, Alisa placed a hand over his in a silent hope that his seed took.

Chapter Nine

Tojait glanced at the positions of the suns and then at the instrument in his hand. "Our time here is nearing the end. We must repair the shuttlecraft so it can be ready to leave."

His words were truer than he knew. With the planet having three suns, it was difficult for Alisa to keep track of time. At least one sun always shone in the sky. They worked when one or two were visible and sought shelter from the heat in their tent when the third one rose. How much time had passed in the real world? Two days? Three? Had her weekend ended?

After a brief return to the base camp, Tojait led a reluctant Alisa back into the cave system. She hated that damn cave. It represented the real world, a world where Tojait didn't exist. Deep in her heart, Alisa knew the minute she stepped foot inside, her fantasy would end. She stopped at the entrance and refused to budge, despite his coaxing. She stared into the unrelenting darkness as though it were a beast waiting to devour her.

"Alisa. Look at me."

Alisa tore her gaze away from the cave and glanced up at his face. His expression was neutral but his eyes betrayed a wealth of emotion. "You do not have to be afraid. I'm with you this time. I'll not allow any harm to come to you."

Alisa cupped his cheek, her heart full of affection for this amazing man. "Tojait, I know you'd protect me with your dying breath." She nodded towards the cave. "I have my reasons for not wanting to go back inside. Do you really need me to go with you? Can't I just wait out here? I promise I won't leave this spot, and I'll call the minute there's trouble."

He studied her face for a long minute. "I thought it was fear of being reinjured causing you to hesitate, but that's not it. There's another reason."

When she realized he was trying to read her, Alisa snatched her hand from his face, breaking contact. "Please trust me on this. Neither one of us wants me to enter that cave."

Another few seconds paused before Tojait said, "I will trust you, per your request, and when I return, you will trust me enough to tell me why you fear this cave so much."

She nodded her agreement. Alisa would tell Tojait the truth, knowing he wouldn't believe her. He'd believe it a manifestation of the 'amnesia' she suffered. Alisa found a rock near the opening and sat. "I'll stay right here."

"Keep your phaser at the ready and set to stun. I shall return shortly. All that is needed is to replace the sensor," he said, his reluctance to leave her alone very visible.

Alisa pulled her phaser from its holster, set it on stun, and laid the weapon on her lap. Due to the scrapes she'd suffered during her last visit, Tojait had given her the more standard star fleet uniform to wear—the one-piece bodysuit. The lightweight material offered more protection from the suns. When he lingered, she made a shooing motion. "Stop hovering and go. I'll be fine. Call if you need help and watch out for rock slides."

"With this grade of igneous rock, the odds of a cave-in are slim to none."

She mentally rolled her eyes and he finally left, entering the cave to complete the repairs. Within seconds, Tojait was completely swallowed by darkness.

Alisa considered her life before Fantasy Island. She'd wanted excitement and craved romance. Now she had both, for however long it lasted. Maybe she needed to make changes in her life. Break out of her shell. Pursue love. While no one could compare to Tojait, that didn't mean she had to be alone.

A loud boom shook the cave, and a billow of dusk and smoke blew out. Alisa was on her feet in an instant, screaming Tojait's name.

Remembering her communicator at the last instant, she tapped her ear. "Tojait, can you hear me? Tojait, come in?"

No response.

"Tojait, respond!" she yelled. She hovered at the cave's entrance, staring anxiously inside.

"Tojait, please say something. Tell me you're all right," she begged.

Nothing. There was no help for it. She couldn't stand here like a coward when Tojait might be injured. Alisa had to go in.

Rushing over to the rock, she grabbed the extra headlamp and put it on. After switching the light to its brightest setting, she slid the emergency medical kit they always carried with them over one shoulder. A sense of urgency made her movements frantic. *Hurry, hurry, hurry, hurry.*

Pausing only long enough to take a deep breath, Alisa ran inside. The headlamp lit up the cave like it was daytime, cutting through the smoke and dust like a laser. Feeling more confident, she picked up her pace, calling Tojait's name the entire time. About twenty feet in, there was a blind curve. She sprinted around the corner and into the bright sunlight of a Pacific island day. The dirt floor and rock walls transformed to green grass and island breezes.

"Nooooo!" she wailed, dropping to her knees. Alisa pounded her fist on the ground. "No, no, no!"

She stayed there, eyes closed, shoulders slumped and head bowed, while deep inside, fury grew. The likes of which she'd never before experienced.

"Ms. Davis, are you well? Did you fall and hurt yourself?" A cultured voice with a British accent asked.

Am I well? she echoed mentally. Slowly, Alisa reached up and pulled off the headlamp, allowing it to drop onto the ground. Opening her eyes, she focused on the white trousers of the man standing next to her as she pushed to her feet. Her gaze traveled up his body to meet his concerned expression. Their host, Mr. Black, Back, no, Mr. Blanc, stood next her.

In a voice that shook, she said, "No, I am not well. In fact, this has been the worst three days of my life. First, you send me into a deep, dark cave with a puny little flashlight—*ALONE*—when I'm claustrophobic and afraid of the dark. Second, I asked to go into outer space and work on a starship. Instead of space, I got a planet with three suns and temperatures so hot it could burn the flesh off your bones in three seconds flat. The *only* thing you got right was the hero, a man so perfect I couldn't help but fall in love with him, and you even managed to screw that up at the end." She choked on a sob. "You took me away from Tojait. I don't know if he's dead or alive, *and don't tell me he wasn't real*," she snapped when he opened his mouth. "I wish I'd never come to this place or heard of Fantasy Island."

Hand over her mouth to muffle the sobs she could no longer hold back, Alisa turned and ran in the direction of the bungalow she'd been assigned upon her arrival. She ignored the stares of the people she passed, uncaring that she was making a fool of herself. Once inside of her room, Alisa threw herself on the bed and cried for all she'd lost and the man who'd never be more than a fantasy.

*****

Alisa laid on the mattress, staring at the ceiling. Her head throbbed, and her nose and eyes were swollen and sore from her crying jag. She needed to move but lacked the energy. Emotionally, she just didn't give a damn about anything.

Her thoughts ran in a loop, remembering her time with Tojait. She replayed every second, relived every moment, and treasured every word spoken. The explosion at the end haunted her. Was Tojait alive? Had he been injured? Or had he been killed?

Logic dictated he wasn't real, therefore it didn't matter what had happened. Her heart knew differently. Despite it all being just a fantasy,

Alisa would feel better knowing Tojait continued to live on some plane of existence, even if she couldn't be with him.

The phone beside her bed rang. Probably the staff calling to let her know the plane had arrived. Wiping her nose with her sleeve, she reached over and answered. "Hello?"

"Ms. Davis, this is Mr. Blanc. Could you come up to the main house?" he asked in his lightly accented voice.

"I'll be there in a few minutes."

"I'll be waiting in the office," he said and disconnected the call.

Alisa put down the receiver and went into the bathroom to freshen herself. As anticipated, her face and hair were a mess. She washed her face and pulled her braids into a ponytail. Glancing at her uniform in the mirror, she thought briefly of changing clothes but decided against it. She'd hold onto her connection to Tojait as long as possible.

Since she'd never unpacked, all of her belongings were still situated right inside the door where the island staff had placed them. Alisa collected her purse, toiletry bag, and small suitcase and left the bungalow. As she walked, she knew she owed Mr. Blanc an apology. She'd blown up at him, and it wasn't his fault.

Five minutes later, she set her luggage down and knocked on the closed office door.

"Come in."

Alisa opened the door and stepped inside. Mr. Blanc sat behind a large wooden desk. He rose as she entered. "Ms. Davis. Thank you for joining me. Have a seat."

She twisted her hands together. "First, I'd like to apologize for blowing up at you. It was unprofessional and totally uncalled for. My only excuse is I was feeling highly emotional at the time."

"Thank you, but your apology is unnecessary. Please, have a seat." He waved a hand toward the chair.

She took the armchair in front of the desk indicated. As soon as she was seated, Mr. Blanc also sat. "Here at Fantasy Island, we pride ourselves on customer satisfaction and giving the customer exactly what they asked for. I reviewed your file. Though the fantasy we gave you had some of the requested elements, it did not meet the core requirements. This oversight on our part is most grievous."

He placed his elbows on the desk and brought his hands together in front of his lips. "We have a couple of options here. We can give you a refund or..." He tapped his fingers together as he studied her.

"Or?" she prompted when nothing more was forthcoming.

"We can give you the fantasy you requested—send you into outer space to work on a starship. The later has some...risks, you may not be willing to accept," he said, his expression grave.

"What kind of risks?" she asked.

"Bluntly put, we may not be able to bring you back." His intent gaze drilled into hers. "You would be stuck in the fantasy. Life, here, as you know it, would cease to exist. You would become the character in your fantasy."

Alisa frowned, trying to comprehend his meaning. "You're saying I could go back. I could be with Tojait, this time on the starship, but if I do, it may be forever?"

"That's exactly what I'm saying, yes," Mr. Blanc agreed.

Chapter Ten

Alisa's mind should have been reeling with the implications, but instead her thought process remained crystal clear. "But I would still be me, right? I mean, my memories and basic personality wouldn't change, correct? It would be like it was earlier, only Tojait, the planet, my position on the starship, all of that would be real?"

He considered her question for a moment before answering. "Yes and no. Initially, you would retain the memories of your life before Fantasy Island. However, the longer you stayed in the fantasy, the less real this world would become and the more real the fantasy would be. Eventually, you'd forget everything here and become Alisa Davis, Star Fleet Navigation Officer, assigned to the starship Galaxy Explorer, mated to Science Officer Tojait Ameek Buuois 'Jall, who is second in command of the starship."

"I'll do it," she said.

"Consider carefully, Ms. Davis. You'd potentially be giving up your family, your job, and your home. Once you do this, there is no guarantee I can bring you back," he said.

There was nothing to consider. Throughout history, women had given up everything to be with the men they loved. She'd simply be one more in a long line. The benefits outweighed the risks. "As long as I can be with Tojait, that's all that matters. If I write a letter, would you mail it to my family so they won't worry about me?"

"I'll mail it personally. There are some additional forms I'll need you to sign. Liability concerns. I'm sure you understand," he said.

With a wry grin, she said, "Yes, I do."

He gave her the paperwork. Alisa quickly read over and then signed her name at the bottom of each one. As she handed them over, she asked, "Do you have a legal pad and a pen I can borrow?"

Mr. Blanc gave her the requested items. "I'll leave you alone to compose your thoughts. I need to escort the guests to the plane. When I return, if you are ready, your fantasy will resume."

"Thank you," she said, comforted by his use of the word 'resume.' It meant they wouldn't be creating a new fantasy for her. One where Tojait might not be the same man she fell in love with.

Mr. Blanc left the office and she got busy writing her goodbyes. It was doubtful her family would understand, but Alisa needed to follow her heart. A man like Tojait only came around once in a lifetime, if a woman was lucky. Fantasy Island was handing Alisa her fantasy man—her perfect mate—on a silver platter. She'd be a fool to say no.

Pulling out her phone, she sent an email to her boss, quitting her job, and another to her landlord telling them she was canceling her lease. She informed the manager someone from her family would be by to pack up her things.

After much thought, her goodbye letter to her family boiled down to a few simple words:

I found the man and job of my dreams. An opportunity presented itself to have both and I jumped on it. I love you, and I'll keep in touch, if I can. Don't worry about me. I'm happier than I've ever been in my life.

Love, Alisa

P.S. You can have all my things. Where I'm going, I won't need it. I've already contacted my landlord and told them to expect you. I've enclosed the keys to my car and my apartment.

There were a few more people she wanted to send individual goodbyes to, coworkers mostly, and she spent a few minutes emailing them. She didn't have many personal friends. No one, other than a few family members, would miss her. Her job was very competitive. Before the month was out, they'd have someone fill her position.

The door opened. "Ms. Davis, are you ready?"

She stood. "Yes, I am. If you'll mail this for me?" Alisa indicated the letter and her keys. "I wrote the address on the outside of the paper."

"I promise. Now, follow me. You won't need your bags," he said when she reached for her belongings. He led her to one of the many golf carts on the island. They climbed aboard and he drove off.

Less than ten minutes later, they stopped outside a familiar looking cave. "Last chance. Are you absolutely sure?" Mr. Blanc asked.

"Yes, I am. In fact, please don't worry about retrieving me. I'd prefer to stay in the fantasy," she said. The last thing Alisa wanted was the uncertainty of not knowing if and when her time with Tojait would end.

"Very well. As you wish." Mr. Blanc handed her the headlamp and the medical bag. "You'll need these."

She put on the headlamp and draped the medical bag over her shoulder before climbing down. "Before I go, one quick question?"

"Of course."

"How am I able to see so well without my glasses?" she asked.

He grinned. "It's Fantasy Island. Go. Your hero awaits."

Smiling broadly in return, Alisa said, "Thank you for everything." She turned to face the cave entrance, reached up to turn on the headlamp, and squared her shoulders. Then, after taking a deep breath, she ran inside. "Tojait! Answer me. Where are you?"

She heard coughing and moved in that direction. "Tojait?"

His shadowed form slowly coalesced out of the dust-swirling darkness. Alisa redirected the light so it still illuminated the interior but didn't blind him before rushing forward to embrace him. "What happened? Are you all right? I was so worried."

He bent over at the waist and coughed a bit more before straightening. "Cave-in."

"A cave-in?" she echoed incredulously. "I thought you said these rocks couldn't have cave-ins?"

"It appears I was wrong," he said gravely.

She stared at him in shock before bursting into laughter. After a moment, he smiled and caught her close in a hug.

"I'm so glad you're all right. I was so worried when I heard the explosion," she said.

"The shuttlecraft is destroyed. We will have to contact the ship for rescue. Let's get out of here." When they stood outside of the cave again, Tojait gave her a look of admiration. "You conquered your fear for me."

"I couldn't let a little thing like fear stop me if you were injured," she admitted.

Tojait closed his eyes in a slow blink, his expression somber. "I, too, would risk anything to keep you with me, Alisa. Anything."

"Yeah, I'm starting to get that idea." Alisa kissed him again, lingering this time to let Tojait feel her emotions. She felt safe, loved, and most of all cherished. Her stomach did a giddy flip every time he looked her way and when they touched. He was everything she wanted, and now she had him.

"We have each other," he corrected.

Tojait tapped his communicator. "Captain, we have a problem."

Alisa listened as he explained and made arrangements for their retrieval. To be honest, she spent more time gazing at Tojait than listening to his conversation. This wonderful man was hers, forever and always. It boggled the mind.

He signed off and glanced at her. "Let us prepare our belongings. The third sun will rise soon. The captain is going to use the transporter beam to bring us back to the ship. Otherwise, we'll have to spend another eight hours on planet."

Alisa's eyes widened. "The transporter beam? Really?"

He arched one brow. "Is this a problem? Would you rather they send a shuttle?"

"No, the transporter is great. Hurry. Let's get back to base camp so we can be ready," she said, tugging on his arm.

Less than an hour later, they stood beside their packed belongings. Alisa turned to her mate, her excitement palpable. "Can I do it? Can I say it?"

Tojait gave her a strange look but nodded his assent.

Alisa Davis, Star Trek geek and lover of all things space related, tapped her communicator and said the words she'd waited a lifetime to say. "Beam us up!"

About the Authors

Zena Wynn is a multi-published author of erotic and sensual romance in various romance subgenres: Interracial, Contemporary, Paranormal, Sci-Fi/Fantasy, and Inspirational. She writes the type of stories she loves to read—stories with great characters who, through love and determination, overcome all the challenges that come their way. Her heroes and heroines are passionately, lovingly, devoted to each other. Zena wants her characters to stick with readers long after "The End."

To learn more about Zena Wynn, visit her website: www.zenawynn.com[1].

***** .

Kioni Hall is a huge Sci-Fi/Fantasy fan and avid reader turned writer. This is her debut book. Kioni writes what she hopes to see more of—people of color, aliens and fantastical beings overcoming obstacles and differences to find their true love. She is a sucker for love so a Happily Ever After ending is guaranteed. Learn more about her at: https://kionihall.blogspot.com/

---

1.   http://www.zenawynn.com/

www.ingramcontent.com/pod-product-compliance
Lightning Source LLC
Chambersburg PA
CBHW072030170626
46811CB00008B/3016